DU MÊME AUTEUR

Aux Éditions des Équateurs

LA PISTE PASOLINI, *récit*, 2015. Prix des Deux Magots

DES ÂMES SIMPLES, *roman*, 2017. Prix Roger Nimier (« Folio », n° 6568)

LE TOUR DE LA FRANCE PAR DEUX ENFANTS D'AUJOURD'HUI, avec Philibert Humm, *récit*, 2018 (« Pocket », n° 17596)

LES BONS GARÇONS, *roman*, 2020 (« Pocket », n° 18309)

LA MICHELINE. TOURNÉE DES BARS DE FRANCE, avec Philibert Humm, 2021

QUE REVIENNENT
CEUX QUI SONT LOIN

PIERRE ADRIAN

Que reviennent ceux qui sont loin

roman

nrf

GALLIMARD

Pour Jacques.
À la mémoire de Sacha.

« Pour que la gloire soit agréable, il faudrait que les morts ressuscitent, que les vieux rajeunissent, que reviennent ceux qui sont loin. Nous l'avons rêvée dans un petit cadre, parmi des visages familiers qui, pour nous, étaient le monde et nous voudrions voir, maintenant que nous avons grandi, le reflet de nos entreprises et de nos paroles dans ce cadre.

Ils ont disparu, ils sont dispersés, ils sont morts. Ils ne reviendront jamais plus. Et alors nous cherchons autour de nous, désespérés, nous cherchons à reconstituer ce cadre, ce petit monde qui nous ignorait mais qui nous aimait et devait être étonné par nous. Mais il n'existe plus. »

Cesare Pavese, *Le métier de vivre*

Je ne revins pas à la grande maison par hasard. On ne retourne jamais quelque part par hasard. Secrètes sans doute, j'avais mes raisons après tant d'années de revoir la grande maison au mois d'août. Il y avait le temps qui passait et la certitude désormais que rien n'était éternel. Un jour viendrait où ce paysage, tel que je l'avais laissé enfant, n'existerait plus. Il appartiendrait à d'autres. Il serait abattu et reconstruit. D'autres familles s'y retrouveraient en été et les enfants d'autres noms joueraient sous les arbres. Grand-mère allait bientôt mourir. Grand-père était déjà mort. Les oncles et les tantes, les cousins vieillissaient.

Longtemps j'avais préféré des pays plus lointains, des mers qui étaient chaudes et me semblaient plus belles. J'avais abandonné la grande maison, certain qu'elle serait là pour toujours. Elle n'avait pas besoin de moi. Elle m'attendrait de toute façon. Je sais désormais que c'est un mépris immature qui me faisait penser cela, ou bien l'orgueil des vingt ans. Car j'avais cru voir le monde. J'avais connu d'autres mois d'août. Et il le fallait bien, au fond, pour découvrir mon erreur. Après m'être trompé, je voulais savoir ce que je pressentais avant d'autres vieillesses et l'évanouissement de nouveaux visages. À la grande maison depuis toujours, c'est-à-dire depuis que j'existe, rien n'avait changé. Là, sur la route de la mer, après le portail blanc, dissimulées derrière les haies de troènes, les tilleuls et les hortensias, se trouvaient les vacances d'août en Bretagne.

Cet été-là, je revins avec un sentiment familier mais que j'identifiais seulement. Celui de renouer avec un bonheur certain. Chaque année se rejouaient ici les mystères d'une vie entière résumée en quelques semaines. Il y avait d'abord la monotonie des jours qui se confondent. Et puis l'attente. Avant le basculement de la mi-août, la précipitation douloureuse de dernières soirées dans la lumière d'automne, déjà. La fin.

Août était le mois qui ressemblait le plus à la vie.

1

J'étais monté dans le train de l'ouest. Une fois passée Rennes, les voitures se vidèrent à mesure qu'on s'enfonçait vers la mer. À Brest, malgré le temps laissé par la correspondance, je n'avais pas fait l'effort de descendre sur le port de commerce, ni même de regarder les vitrines des boutiques rue de Siam. J'avais attendu devant la gare entre la rotonde et les taxis. On voyait la rade et les grues plus loin. Un bâtiment militaire mouillait. J'avais pris le car des abers qui desservait les bourgs du pays. Il était vide. Dans le fond seulement, prostré sur son téléphone, un garçon qui devait avoir l'âge d'être au lycée. Le car avait emprunté de longues routes venteuses qui coupaient la fougère, entre les champs. Des routes qui s'arrêtent puis s'élancent à nouveau après chaque rond-point. Dans les bourgs aux toits d'ardoises, il desservait des abris en bois autour desquels les adolescents, en hiver, attendaient le ramassage scolaire sous le crachin en buvant leur soda. L'été, ils n'étaient plus là, sinon en bandes pour descendre tuer le temps à Brest, ne rien faire, errer et aller prendre un pot au café.

Enfin, le car me relâcha dans un halètement au bord d'une route de campagne. Entre le dernier bourg, le port et l'océan.

*

Je refermai le loquet du portail blanc derrière moi. Le jardin de la grande maison était désert. Il l'était toujours. Le monde entier y passait mais on ne s'y arrêtait pas. Les enfants jouaient sur la plage et les grands avaient d'autres occupations. On ne pénétrait jamais par le hall principal, exposé au nord. Le perron en granit, humide et glissant, prenait le salpêtre et les mousses comme des parois d'église. L'entrée véritable de la grande maison se faisait par la cuisine de l'autre côté ; celui de la lumière, de l'allée d'hortensias, de la vigne vierge et des rosiers, de la citerne sur laquelle on s'allongeait après le déjeuner pour jouir du soleil avec le café. Je montai les marches. La porte était ouverte. Et je ne sais plus qui dit en premier : « Tiens, regardez qui voilà, c'est le cousin ! » Il s'agissait sans doute d'une tante à la voix cassée. Elle parla sans surprise et demanda si le voyage s'était bien passé. Je souris en hochant la tête et allai l'embrasser. Elle me donna le nom d'une chambre, la bleue, et elle reprit ses occupations.

À la grande maison, on s'habituait à vous au premier regard. Vous étiez là alors pas de manières. Pas d'embrassades en trop. C'était une pudeur de famille nombreuse mêlée à notre besoin d'indépendance. Débordées, les tantes qui occupaient la maison avaient toujours quelque chose à faire. Pour les courses, les repas, pour le linge, pour grand-mère… En discutant, elles faisaient autre chose. Quand on croisait un nouveau parent ou des amis de passage, la discussion s'engageait toujours de la même façon : Quand es-tu arrivé ? Quand repars-tu ? Les grandes vacances signifiaient la succession des arrivées et des départs des uns et des autres. On ne retenait jamais. Mais quand un visage disparaissait, on devinait qu'il était parti pour de bon. On ne le reverrait plus avant l'année prochaine. Et on acceptait de ne pas le revoir pendant si longtemps seulement parce qu'il était aussi la promesse du prochain été. Il y a comme ça des gens qu'on ne peut voir à aucune autre époque. Ils sont d'août.

À quelques centaines de mètres de la plage, face à la lande où paissaient les chevaux, la grande maison était le quartier général des familles en vacances. Un aïeul l'avait fait bâtir avant les guerres. On l'avait augmentée avec le temps en construisant le salon actuel et son bow-window. La maison aux volets blancs était en pierre de granit. C'était une bâtisse robuste et sans fantaisie, austère en hiver dès les premiers jours gris. Les familles s'étaient éparpillées tout autour dans des corps de ferme, des métairies ou d'anciens logements de pêcheurs. Dans les toits d'ardoises on avait creusé des fenêtres pour faire entrer la lumière. Mais la grande maison régnait sur cet éclatement familial. Elle faisait autorité. Elle logeait le plus de monde, des frères et des sœurs avec leurs enfants, les grands-parents. Et si l'on n'y dormait plus, ayant fait son nid ailleurs, on avait des souvenirs. La grande maison semblait appartenir à tous et à personne. Alors on était sûr, en faisant halte, d'y trouver quelqu'un. Le salon avait des faux airs de salle des pas perdus. On attendait une voiture qui partait pour Brest, un cousin pour la pêche, la grand-mère qui sortait de sa sieste. Il y avait toujours un oncle pour traîner, un enfant qui lisait sur une chaise, une tante éloignée qui passait dire bonjour. La grande maison était ouverte à tous les courants d'air. L'intimité y était lettre morte. De rares silences subsistaient pourtant, en milieu de matinée après la leçon des petits, à l'heure de la sieste ou lors de la marée haute, quand tout le monde était à la plage. Mais pour être tranquille, il fallait regagner sa chambre dans les étages. Et les chambres aussi semblaient à la fois anonymes, comme celles d'un hôtel, et appartenir à tous. Elles accueillaient des valises chaque été mais personne ne se serait permis d'y apporter sa décoration personnelle. À quoi bon… Les tables de chevet en merisier, les commodes d'époque, l'armoire qui grinçait, les ampoules noircies sous des abat-jour en crépon, les draps raides et leurs motifs à fleurs… Nous étions tous attachés à cette sobriété sans confort. Nous la respections, et aucun ne l'aurait remise en question. Tout changement aurait été vain et prétentieux. C'était le charme de la grande maison, et je m'en rendais compte en déambulant à la recherche de souvenirs, tirant les tiroirs, ouvrant des placards désespérément vides où roulaient des boules de naphtaline. Je devenais matérialiste car je croyais au pouvoir de remembrance des objets, à leur signification dans le temps. À la grande maison, nous passions et ils restaient. Les objets étaient immortels. Rien n'avait jamais bougé et c'était nous qui changions. La redécouverte des pièces de la maison ressemblait à la visite à un vieux parent. Des retrouvailles un peu forcées qui ne tiennent que par l'existence d'un commun passé. Sous la mansarde où j'entendais le vent siffler les nuits de gros temps, il y avait notre mémoire. Ici, combien d'enfants avaient dormi qui étaient devenus grands ?

Après avoir déposé mes affaires, laissé la valise aux odeurs de voyage déverser ses fringues au pied du lit, je descendis à la plage. On y arrivait par un sentier qui surplombait la route. Je croisai une mère et ses fils qui remontaient vers le parking. Les enfants en maillot de bain, mouillés, se mouchaient dans leur main et marchaient d'un pas hésitant comme des funambules. Leurs pieds maculés de vase tentaient d'éviter les cailloux. La mère portait dans ses bras les jeux de plage et parlait du dîner. Il était bientôt sept heures du soir mais le soleil qui perçait par intermittence brûlait encore la peau comme à midi. Le chemin débouchait sur le mur de l'Atlantique, une fortification ensablée qui cernait la plage. Depuis la guerre, des centaines de grandes marées et de tempêtes l'avaient dévorée. Elle était devenue un prolongement de la falaise et un terrain de jeu. Je retirai mes chaussures et, pour la première fois des vacances, je connus le contact des pieds avec le sable blanc. La mer baissait. Le jusant donnait à la plage une amplitude infinie. Au loin, les bateaux hameçonnés aux corps-morts fléchissaient comme des poissons asphyxiés. Les rares vacanciers en promenade sur la grève semblaient pétrifiés et les lointains cris d'enfants étaient aussitôt balayés par la brise. Dans ce spectacle figé, un homme se serait noyé dans l'indifférence. Mais à cette heure, pour aller chercher quelque profondeur, il aurait fallu marcher indéfiniment dans la mer, une mer transparente et glaciale qui mordait les mollets. Salée, trop salée comme les mauvaises frites de bistrot. Je tournai le dos à l'eau pour aller saluer tous ceux que je connaissais dans la crique où l'on s'abritait du vent. La famille l'envahissait chaque après-midi. Les visages se précisèrent derrière les lunettes de soleil. Certes, ils s'étaient ridés depuis le temps, mais le hâle rajeunissait les peaux et j'aimais les cheveux gris.

« Enfin, il est revenu ! » dit un oncle les mains dans les poches. « Tiens, te voilà toi », dit quelqu'un d'autre. « Mais si tu sais, c'est le fils de A. », rappelait-on à une vieille amie de la famille. Je dus faire le tour en trébuchant dans le sable, embrasser les uns et les autres. Et parler fort, m'imposer, rire de moi. Encore une fois, dire que j'étais arrivé aujourd'hui et ne repartirais qu'après le 15 août. « Alors tu verras tes cousins... », ajouta quelqu'un. Les maisons n'étaient qu'à moitié pleines. Les mères respiraient une dernière fois avant le raz-de-marée du 15 août. Il y avait là l'oncle François qui profitait de ses derniers jours de vacances. Lui, c'était convenu, il était de juillet. Chaque année, il éteignait l'alarme et retirait les draps qui recouvraient les fauteuils de la grande maison. Dans sa guimbarde surchargée, il traversait la France entière pour venir en Bretagne. François était le bricoleur car chaque famille avait le sien. Les vélos, le carburateur, les joints de la salle de bains, la lunette des toilettes… Il bricolait et, en échange de quelques recommandations expliquées aussitôt aux enfants, cela tenait. Il déployait un mode d'emploi fantasque qui était aussi le privilège des habitués de la grande maison. Il fallait parler son langage, c'est-à-dire comprendre son humour.

Une tribu d'enfants vibrionnait autour des serviettes. On les tartinait de crème solaire. Les plus petits couraient tout nus, bras en l'air, les yeux ébahis à la découverte du monde. En retrait dans leur pull bleu, des amies de la famille souriaient, qui me connaissaient depuis toujours. Enfin, la petite grand-mère était assise sur sa chaise basse, épaulée par Catherine, la femme de François, qui s'inquiétait toujours. J'embrassai grand-mère avec soin afin de ne pas la brusquer. Il me semblait parfois qu'elle était en cristal et qu'un mauvais geste détruirait d'un coup cette petite dame fragile. Le temps l'avait tassée sur elle-même. Elle me reconnut sans m'identifier et demanda comme chaque fois : « D'où viens-tu ? » Cette interrogation vague permettait de lui rappeler qui j'étais, le fils de sa fille. Elle s'excusait, comme ma mère qui ne commençait jamais une phrase sans être « désolée », et répondait qu'elle était perdue. « Je ne sais pas ce que j'ai aujourd'hui… », soupira-t-elle encore. Et moi j'aurais pu lui répondre que je devinais bien ce qu'elle avait : elle avait l'extrême vieillesse, bientôt un siècle, l'immense fatigue de la vie. On ne lui demandait pas de se souvenir de nous.

C'était déjà admirable d'être là. Sa présence était désormais la seule chose qu'on attendait d'elle. Être avec nous, et nous offrir le luxe de pouvoir encore l'entourer. Sa voix était sans force. Allumée et aussitôt éteinte. Elle ne pouvait plus dire que des bouts de phrase. Mais la sénilité avait épargné son élégance. Grand-mère s'habillait en Parisienne des années cinquante. Elle portait encore les jupes hautes, les chemisiers blancs et les gilets que je lui connaissais il y a vingt ans. J'aimais quand elle nous souriait, la main sur les lèvres et la bouche entrouverte. Sa légèreté, sa manière d'être au monde, immobile et absente, menacée, disait bien le commencement du mois d'août. Les jours passaient sans qu'on y prenne plus garde, sans qu'on les compte. Ils fuyaient. Étions-nous lundi ou jeudi ? Au fond, cela importait peu.

La famille était un rempart rassurant contre l'extérieur. L'instinct de tribu nous protégeait de l'altérité. Rester entre soi offrait un confort moral et nous n'étions pas en vacances pour nous ennuyer avec des étrangers. L'entre-soi durait quelques jours suspendus entre le début du mois d'août et l'Assomption, les grandes marées. Un fiancé, une compagne, les pièces rapportées comme on disait, devaient accepter nos règles et l'humour lourd des cousins moqueurs. Il y avait des années de cela, j'avais été la grande gueule envahissante qui critiquait tout et cherchait la bagarre dans les fêtes. L'archipel de cousins et d'amis formait un clan. On s'embrassait sans se connaître vraiment, c'est-à-dire que nous n'étions jamais seul à seul. Où allions-nous ? Cela ne comptait pas. D'où nous venions ? De la même petite grand-mère. Et cela était tout. Depuis que j'avais refusé ce jeu d'été et quitté la grande maison, j'avais changé, cessant d'être un fils pour devenir un homme. J'avais du mal à vivre à nouveau en famille, supporter la proximité des autres, le manque d'intimité, l'intrusion, les commérages, les horaires fixes, les repas trop longs. Je subissais un paradoxe familial, balançant entre la joie des retrouvailles et le soulagement du départ prochain. Nous formions un monde à part, autosuffisant, suffisant, envié par d'autres sûrement. Mais le cercle familial excluait autant qu'il rapprochait. Il avait ses idées arrêtées. Et après ? Je savais désormais qu'on ne pouvait pas lui dire non à moins d'être malheureux. Il s'agissait d'accepter la famille nombreuse, tolérer le bruit, concéder. Tous ces visages étaient ceux de ma vie. À quoi bon se lever contre ça ? J'avais fui la famille. Je l'avais haïe, peut-être, et je tâchais cet été-là de me réconcilier. Je pensais pouvoir reconstituer ce petit monde avant qu'il ne disparaisse. Mais la liste était déjà longue de toutes les choses qui ne reviendraient plus. Il y avait eu des enterrements dans des cimetières de banlieue, des rassemblements anticipés autour d'un mort. Car si nous nous retrouvions ailleurs qu'en Bretagne, autrement qu'au mois d'août, c'était que nous venions de perdre un être cher. Plus rares étaient les mariages, leur joie nocturne et alcoolisée et les chants aux mariés.

À la plage, une fois débarrassé des mondanités, je m'ennuyai. Je fis donc demi-tour et marchai vers la mer, tenant mes chaussures de la main droite. Aveuglé par la lumière, j'essayai de deviner les récifs dans la baie. Ce qu'on appelait des îles, enfants, mais qui n'étaient que des tas de rochers. Les feux et les balises avaient des couleurs et des noms exotiques. À la nuit tombée, ils scintillaient pour prévenir les bateaux qui rentraient au port. Alors la mer était pareille au ciel dans lequel on croit deviner la lumière d'un satellite. Parmi tous ces feux, un faisceau portait plus haut, plus loin. Il balayait les côtes toutes les six secondes. C'était le phare de l'île Vierge.

2

Le lendemain matin, je fus réveillé par les cris des enfants. Même au deuxième étage de la maison, on les entendait descendre l'escalier. Le vieil édifice en bois craquait sous les chaussons dont je devinais le pas paresseux. Au lever, la discrétion ne durait qu'un temps. Et très vite, à travers les parquets je discernai dans la salle à manger les bruits de vaisselle, les chuchotements qui s'élevaient peu à peu et redevinrent des discussions à voix haute. À neuf heures, il n'était plus question de dormir. La vie avait repris.

Je traînai au lit. Il ne restait plus rien des draps froids et humides dans lesquels je m'étais glissé la veille. Le lit était chaud et défait. Je trouvai cependant un nouveau sommeil constellé des rêves qui ne durent qu'un moment. Enfin, j'ouvris les volets sur un ciel triste. « Ça va se dégager », disait-on. Et cela était vrai.

Je crois n'avoir jamais été le premier levé à la grande maison, même enfant, lorsque le jour qui filtrait dans la chambre repoussait les cauchemars de la nuit et invitait déjà à bondir dans le jardin trempé de rosée pour chercher les cousins dans les maisons. Je ne connaissais pas la maison assoupie du petit matin, cette heure particulière où les objets reprennent forme et sortent de leur sommeil dans la lumière cireuse de l'aube. Je quittais ma chambre bien trop tard pour cela. Petit, chaque matin, j'entendais le pas lourd de mon grand-père et le coup de sa canne sur les marches de l'escalier. L'homme était fort et ébranlait la maison. Sans le voir faire je devinais tout, sa destination et ses moindres gestes. La maison semblait gémir sous ses pas. Dans son peignoir qu'il serrait sur son ventre imposant, il accomplissait un itinéraire bruyant qui le portait de son lit du premier étage au garde-manger dans lequel il attrapait son pilulier. Et puis il s'installait à la longue table de la salle à manger. Quelques minutes plus tard, l'odeur du pain grillé se répandait dans la cage d'escalier et rampait sous les portes. Grand-père mangeait son pain calciné. Et fascinés, nous regardions ce vieil homme puissant et généreux croquer dans ses tartines et veiller à la cuisson des suivantes. C'était un spectacle quotidien. Pour la vie, l'odeur du pain grillé me rappellera mon grand-père dans sa robe de chambre bleue, là-bas au bout de la table à gauche. Le grille-pain fut l'instrument de ses derniers matins.

Grand-père était mort dix ans plus tôt. Il avait vendu son bateau des années avant. Longtemps il avait fait comme si la vieillesse ne l'atteignait pas. Et puis il avait eu des accidents de voiture et il ne fut plus capable de monter sur le pont du bateau. En quelques mois, il ralentit sa vie. Mais il avait préparé la suite, en bon père de famille, et chaque enfant avait hérité d'un bien. Je me rappelais un déjeuner dans l'appartement parisien, au cours duquel il avait juré que nous étions en Bretagne. « Mais si, nous sommes à la grande maison enfin ! » Il s'était mis en colère, posant ses couverts, vexé, en croyant que sa fille qui le corrigeait avec délicatesse le faisait marcher. Nous étions une dizaine, à rire un peu par étonnement, un peu gênés, mais pleurant au fond de nous. Car nous assistions au pathétisme de l'extrême vieillesse, à ses démences. Cette crise de démence fut un des derniers souvenirs de mon grand-père. Une photographie punaisée dans son bureau me rappelait cependant qu'il avait été un bon navigateur. Il tient la barre avec un visage satisfait. À ses côtés, sa femme en ciré semble se laisser guider. De son chignon serré s'échappent quelques cheveux gris-blond. Elle est confiante. Ils regardent dans la même direction. Comme beaucoup de marins, cet homme ferme et réservé sur la terre n'était libre et heureux qu'en mer.

*

Je paressai entre la salle à manger et le salon. Le petit déjeuner était servi sur la longue table en bois recouverte d'une nappe en toile cirée que j'avais toujours connue. Deux fenêtres à battants communiquaient avec chaque aile de la maison. La mieux exposée était cernée de vigne vierge et laissait voir les massifs d'hortensias. Ma mère dit un jour en la regardant, grande ouverte sur le jardin ensoleillé, que c'était là l'image même de son enfance. Assis en face de mon cousin qui se réveillait à peine, les yeux cloqués par les bières bues la veille sur le port, je pouvais dresser le même constat.

La salle à manger donnait sur le salon. On y entrait par deux portes vitrées. Au mur pendait une vaisselle bleu et blanc, de la faïence de Quimper sans doute. À l'image des armoires bretonnes, cette décoration du passé disparaîtrait dans les déménagements, au gré des héritages. Plus personne ne voulait orner sa cuisine américaine d'assiettes à motifs, son salon scandinave d'un meuble en merisier. Cela ne bougerait jamais d'ici. Tout comme les fauteuils et les canapés du petit salon dans lesquels on s'enfonçait. Je revoyais sur chacun son juste titulaire : le fauteuil du chat de François et Catherine, vert gazon ; celui sur lequel grand-père lisait son journal ou des récits d'aventures avant de trouver le sommeil. Il était vert aussi, plus sobre. Et puis les canapés anarchiques en tissu mauve, les banquettes où les enfants lisaient les bandes dessinées et les romans de la Bibliothèque verte. L'unique table du salon était à leur taille. Elle trônait au milieu de la pièce. Nous y avions tous joué aux cartes dans nos robes de chambre. Des présidents, des crapettes rapides, des kem's… Avec ses trois chaises en bois si proches de la moquette, ce salon miniature était un symbole. Il indiquait que les enfants régnaient sur la grande maison. Leurs repas, leur réveil, leurs devoirs de vacances, les jeux de plage… On vivait à leur service. Petit, je pensais être tributaire des adultes, de leurs horaires, des déjeuners à rallonge, de la messe du dimanche. Mais je me rendais compte maintenant que les enfants étaient les véritables rois. C'étaient des sauvages qui rentraient crottés avant la nuit tombée, qui couraient sur la plage des après-midi entières, les mains maculées de vase, les genoux écorchés, les yeux gênés par le sable. Ils ne demandaient rien qu'à jouer, simplement. Et le regard hagard après la douche du soir, dans leur odeur de savon, ils s'asseyaient à table et mangeaient leur soupe dans les dernières blagues, avant de trouver le sommeil, la lumière allumée, en lisant leur album. Ils contrôlaient tout du lever au coucher. J'avais été l'un d'eux. Je savais leurs épiphanies, leurs jeux imaginaires, les cabanes dans le jardin, les rages soudaines, les cris. Désormais ils me fatiguaient et je demandais le silence, juste un peu de silence pour lire et rêver moi aussi. Mais chaque fois que je reprenais un enfant bruyant, je me reprochais d'être un vieil imbécile.

L'été de mon retour, il y avait une nouvelle bande. Pour eux déjà, je n'étais plus un cousin. J'étais devenu un oncle. Martin, Jacques, Paul, Jeanne… Les prénoms d'avant revenaient en force. Ils étaient ceux de nos aïeux. Et parmi eux, il y avait un enfant qui me touchait davantage. Sans doute parce que quelque chose dans ses yeux me rappelait celui que je fus. Jean, le fils de ma cousine, tête blonde aux yeux verts, m'émouvait aux larmes. Il avait mes silences de jadis, mon regard inquiet. Il traînait derrière les autres, apprenant la vie à toute vitesse du haut de ses six ans. Tantôt rêveur en divagation, tantôt chef de bande, il avait ses heures. En allant récupérer un ballon coincé dans le rosier, la plante lui avait mordu la joue. Une balafre découpait son visage. Je souriais de pitié et d'affection quand il levait les yeux. Le soir après le bain, sa robe de chambre flottait sur ses talons, lui donnant des airs de pacha. Enfermés à l'école toute l'année, Jean et les autres faisaient l'apprentissage de la vie au cours des grandes vacances. Dans les jardins et sur la plage, ils couraient en liberté. Ils se dépensaient sans compter. Et je songeais qu'il n'y a qu'au mois d'août qu'on est vraiment un enfant.

3

La mer me faisait peur, qui était pourtant l'horizon de mes étés bretons. Je la craignais et la mettais plus haut que tout. Il y avait un ou deux officiers de marine dans la famille. Ils vivaient de déménagement en déménagement, dans des ports militaires, ne restaient jamais très longtemps. On avait vu des cartons empilés dans des appartements vides, de Brest à Toulon, et des cousins naître dans des villes portuaires, parfois sur un autre continent. Grand-père avait eu son bateau qui mouillait toute l'année non loin, dans un aber.

Chez nous il n'existait pas un jour sans vent. Dans la baie, à marée haute, on devinait la voile d'un cousin en planche ou à bord d'un catamaran. J'admirais leur abnégation, la soif qu'ils avaient eu d'apprendre, leur science, ce matériel qu'ils supportaient. Le soir au café, les « voileux » à la peau rouge parlaient une langue que j'ignorais. La drisse, le foc, la bôme, le winch ou les safrans… Ils savaient la côte en morceaux des abers, le jeu des marées, le sens du vent. Et la joie d'entrer dans un port par la mer, seule vraie provenance qui vaille. Ils rentraient par le chenal après avoir vu des phoques vautrés sur des rochers. Certains parlaient même de dauphins qui dansaient autour du phare et des balises. Ce monde à la fois proche et lointain m'était interdit. Je n'aimais pas la voile pour des raisons qui en dissimulaient la cause véritable, la peur de la mer qui était ma peur de la mort. Je ne comprenais pas qu'on puisse croiser au large, et glisser sur cette peau remuante en toute confiance.

Je connaissais le pays d'une autre façon. Pendant qu'ils jouissaient sur l'eau, je partais en promenade sur les routes de la Bretagne intérieure. Je m'enfonçais loin, jusqu'aux montagnes. C'était un pays de calvaires et d'enclos paroissiaux. Les clochers de granit se dessinaient dans des ciels de nuages en fuite. J'acceptais les averses et les bleus soudains. Je passais devant des fermes qui vomissaient leur boue et le purin sur des chemins communaux. À la sortie des bourgs, les lotissements étaient une frontière avant les champs de maïs et de choux-fleurs. La côte en été, avec ses vacanciers et le jeu des marées, me semblait un paysage en mouvement. À l'intérieur, le pays était immobile avec ses plateaux livrés aux vents, ses vallons encerclés par la fougère, le genêt et l'ajonc. La mer remplissait les abers. Elle s'engouffrait et disparaissait, laissant le spectacle gris et désolant des murs de vase et des sables mouvants. J'étais attaché à cette terre austère et fière, la raideur de son passé catholique, ses mythes païens. Enfin, la fatigue qui naissait de ces longues sorties était le seul moyen de supporter l'angoissante après-midi, son vide abyssal.

J'allai chercher ma bicyclette dans le garage. Le « penty », comme on disait, était une resserre située à l'entrée du jardin. Je franchis la porte. Les odeurs âcres et capiteuses me montèrent aussitôt à la tête. C'était un mélange d'huile et d'essence, de gazon tondu, de poussière, de touffeur de vieux moteurs et d'humidité. Dans l'obscurité je cherchai mon vélo. Des cordes usées pendouillaient avec les combinaisons foutues, lézardées, imprégnées de sel. C'était le même rituel au début de l'été. Il fallait huiler la machine dévorée par la rouille et regonfler les pneus, passer une à une les vitesses qui finissaient toujours par bégayer. Et s'assurer que les roues voilées tournaient encore, qu'un cousin en rentrant du port ivre mort ne les avait pas totalement dézinguées.

Le penty était l'univers de l'oncle François. Naturellement il débarqua en faisant les grands yeux, la mine théâtrale, étonnée. Il tenait une boîte à outils et s'affaira sur l'établi, prenant quelques nouvelles en se plaignant tout de même des sévices que subissaient les vélos. « Tu vois, chaque année c'est pareil... », dit-il accroupi en remuant ses outils. « Je passe deux semaines à tout réparer, vous arrivez, vos vélos sont prêts. Vous faites vos trucs, ça casse, et l'année d'après je recommence... » Je me défendis aussitôt comme un gosse et dénonçai les autres. De toute façon, François n'en voulait à personne et ne se mettait jamais en colère. Ou cela arrivait une fois par an. Alors on l'entendait jusqu'à Ouessant. Pour s'assagir, il disparaissait et revenait plein d'un calme dangereux. La colère des doux est comme l'alcool chez ceux qui ne boivent pas. Elle est rare et dure peu mais ils deviennent possédés. François, Catherine et leurs enfants habitaient dans l'Est, mais lui venait d'une famille modeste de Morlaix. Ils y passaient la seconde partie de l'été.

Alors François bricolait. Ce qui voulait dire que toutes les réparations passaient par lui. C'était du provisoire qui durait. François avait un corps longiligne, tout en muscles. Un accident de la route lui avait esquinté le dos. Raide comme un javelot, il marchait vite en s'articulant comme un pantin : un coup à gauche, un coup à droite. Dans la pénombre du penty, il réparait des bicyclettes trouvées à la décharge, il les peignait. Et les vieux vélos finissaient par lui ressembler, maquillés dans des couleurs fantasques. Il avait une guitare et inventait des ballades. Cela plaisait aux enfants mais les adultes, amusés, un peu gênés, finissaient toujours par soupirer. La douceur de François, sa gentillesse étaient sa manière d'être honnête. Il était droit. L'injustice le révoltait. Pacifiste, il ne supportait pas que les enfants s'amusent avec des armes factices. « On ne joue pas à la guerre, disait-il calmement. Range-le, ton flingue, avant que je ne le casse. » Il était anarchiste et chantait Brassens. La marinière trouée, toute déformée, était le seul uniforme de François qui ne les aimait pas. L'après-midi, on le voyait passer comme une ombre au fond du jardin avec un outil à la main. « Tu vois, ça va marcher vachement mieux maintenant », disait-il à un petit-neveu interdit après avoir bricolé son vélo. Les enfants chahutaient et tournaient autour de lui comme des moustiques. François les aimait. Il était patient. Il organisait les goûters d'anniversaire. Aux enfants, il prenait le temps de fabriquer un monde imaginaire. Certains hommes sont purs ; ils n'envisagent pas le mal et ne l'ont jamais commis. François était un de ceux-là.

Je quittai la grande maison par la route de la mer. Je longeai le sentier côtier. Le ciel se dégageait comme promis. La brise se leva. Il était onze heures du matin en vacances. Une heure douce et parfaite. Le creux de matinée infinisait la journée. J'étais heureux. J'avais le cœur léger sur mon vélo, seul maître de moi-même. Je gagnai la côte sauvage et j'aurais dû deviner, en cycliste aguerri, que si je roulais sans effort c'était que le vent me poussait. Dans la lande, les ajoncs pliaient. Les chevaux broutaient la bruyère, impassibles. Plus loin, les vagues se brisaient sur les écueils sans un bruit. La mer shampouinait des récifs. Il faudrait revenir ici le soir. Je ne connaissais pas plus beau coucher de soleil que celui de la côte sauvage. Souvent on n'entendait que le vent et la mer semblait muette. C'était le spectacle le plus saisissant. Ces vagues s'acharnaient sur le granit en silence. Le soleil déclinait puis se noyait dans l'océan, quelque part vers Ouessant. La lumière crevait les yeux.

Je fis demi-tour après la chapelle et pédalai à l'agonie, face aux bourrasques. J'avais l'impression de ne plus avancer. Le sifflement du vent m'épuisait plus encore que l'enchaînement lourd des coups de pédale. C'était le tribut de la petite reine : un changement de direction, et ce qui était jusque-là un plaisir devenait une torture, un effort dégradant. J'atteignis les premières maisons blanches au-dessus de la cale. J'étais enfin à l'abri lorsque, en redescendant vers la plage, j'aperçus la silhouette d'une fille qui me disait quelque chose. Oui c'était bien elle. Anne. Je lui souris et elle me reconnut tout de suite. Emporté par la pente, je ne m'arrêtai pas. Je préférai cela, garder son visage en sourire. Nous nous croiserions ailleurs, au café du port, un soir, sinon sur la plage. Anne était la fille d'amis de la famille, si proches qu'on les considérait comme des parents. Ils étaient des nôtres. J'avais des souvenirs nocturnes de leur jardin, des cache-cache entre chien et loup, des solitudes d'enfant haletant dans les massifs. Anne avait changé autant que moi. Sur le sentier côtier, à l'instant, c'est une femme que j'avais regardée. Elle devait avoir un métier désormais, et un appartement à Paris. Peut-être aussi la compagnie d'un fiancé.

4

Les jours se succédaient sans événement, tous semblables au jour précédent. Il ne se passait rien. La matinée s'allongeait jusqu'au déjeuner de treize heures. L'après-midi se confondait en sieste et en lectures. La fin de la journée se déroulait sur le sable où les jeunes parents occupaient depuis longtemps leurs enfants. Je descendais à la plage en maillot de bain, la serviette autour du cou. J'y retrouvais toujours quelqu'un. Maintenant on se saluait sans s'embrasser, de loin, à la volée. J'étendais ma serviette sur le sable. Les jambes croisées, je regardais les enfants courir jusqu'à la mer. La lente progression de l'eau indiquait le temps qui s'écoulait. Les vagues roulaient avec paresse. Le soleil tournait autour de nous. Il rôdait. Au-dessus de nos têtes, des randonneurs défilaient sur le sentier côtier. Les cousins de Paris, ceux qui habitaient Bordeaux, le Sud-Ouest, les expatriés et les familles éparpillées, je les revoyais sur la plage au mois d'août. En quelques jours à peine, j'avais revu tout le monde. À quoi bon courir le monde et apprendre des langues inconnues ? La plage était notre langage commun. Et si on ne voulait voir personne, il ne fallait pas venir.

Il n'y avait rien à retenir des propos qu'on tenait sur la plage. C'étaient des discussions inutiles. Je les avais longtemps considérées désespérantes mais c'était de la vanité. La conversation était une occupation comme une autre qui signifiait notre bonheur d'être là. Rien de plus. Cela me plaisait de pouvoir parler sans regarder les autres. Car soutenir un regard, acquiescer, maintenir physiquement une conversation est une chose épuisante. Allongé sur ma serviette en donnant l'impression de jouir du soleil, je recevais les propos bêtes ou intelligents avec la même attitude, une apparente négligence. Tout ce qu'on disait ici était vain. « Ah bon ? », pouvait-on répondre simplement quand on apprenait qu'une sœur était enceinte. Si un cousin annoncé ne pouvait plus venir, on disait « Tant pis pour lui, il sait pourtant ce qu'il rate ». Les réactions étaient apathiques. Aussi n'était-on pas tenu de garder un secret délivré sur la plage. Ce qui était dit ici était fait pour être entendu par tous. On ne faisait pas de mystère à moitié nu.

Je ne me souvenais pas de jolies filles sur la plage quand j'étais plus jeune. Si, après tout il y en avait eu quelques-unes mais nous n'avions fait aucun effort pour les rencontrer. C'était une timidité pleine de fierté. Et toute tentative de rapprochement aurait été moquée par la tribu de cousins qui s'épiaient. Les femmes en bikini qui autrefois attiraient mon regard étaient maintenant mères de famille. Elles s'abandonnaient moins facilement au bronzage et couraient derrière leurs petits. Dès sept heures du soir, elles filaient donner le bain et la soupe aux enfants. Sans devoir, indépendant, n'ayant que moi-même à entretenir, ma bouche à nourrir, je me sentais inutile.

Anne arriva un jour avec sa mère. Elles dirent bonjour à la cantonade et seule sa mère me posa des questions. Voilà si longtemps que nous ne nous étions pas croisés. La plage était un moment en suspens, et je ne supportais pas qu'on s'intéressât ici aux occupations de chacun. Mais si on ne s'y contraignait pas, quand le ferait-on après tout ? Je balayai huit ans de ma vie en une phrase molle.

Anne avait posé ses affaires sur un rocher. Elle avait le corps bronzé de celles qui sont en vacances depuis juin. Elle portait d'autres traces que celles de Bretagne. Le Pays basque sans doute. Elle découvrit ses jambes châtains et je pensai qu'il n'y avait rien de plus beau qu'une femme qui se dévêt sur une plage. C'était un des grands mythes de l'été. Anne s'allongea sur sa serviette. Elle ajusta ses lunettes noires qui glissaient sur son nez enduit de crème solaire. J'avais oublié son visage, ou bien il avait changé. Ailleurs, en ville, je ne l'aurais sans doute pas reconnue. Les amis d'été n'existent que dans le monde bien précis et clos des vacances. À d'autres endroits, il semble qu'ils s'évaporent et deviennent de simples figurants. Anne avait apporté de la littérature de plage, un gros livre qu'elle n'ouvrit pas. De temps en temps, elle regardait son téléphone. Je n'avais aucun moyen de me rendre intéressant. Je m'allongeai et somnolai, bercé par les voix familières. J'imaginai les vacances qu'elle avait dû passer à l'autre bout de la France. J'étais jaloux sans raison et mes pensées dérivèrent. Je songeai qu'il existe toujours une meilleure plage avec un sable plus fin, une mer meilleure et généreuse. Mais on ne s'invite pas sur une plage comme cela. Pour être vraiment heureux et ne penser à rien, s'abandonner, pour laisser le soleil évanouir le corps, il faut y venir depuis toujours.

Ce soir-là, la plage ne se vida pas tout de suite. Le banc de sable resta clairsemé. Le vent s'était levé avec la marée. Le soleil ne brûlait plus. Dans cette lumière, la plage prit la teinte caramel des jambes d'Anne. J'enfilai un tee-shirt. Un cousin partit sur sa vieille planche à voile en chemise de lin. « Il est sur l'eau », répondait-on à ceux qui le cherchaient. Il traversait la baie en croisiériste, et parlait avec les amis des bateaux voisins. J'enviais la peau mate qu'ils recevaient en naviguant. Un bronzage aussi facile était une récompense. Au loin, vers les balises, on vit un catamaran dessaler. Les parents inquiets qui se tenaient debout sifflèrent, les bras croisés. Nous, nous assistâmes au spectacle en pensant que c'était bien fait. Ceux-là, on se moquerait d'eux quand ils regagneraient la plage. Dans la torpeur de cette fin d'après-midi, il était impensable qu'il arrivât quelque chose de grave.

Un garçon s'invita qui, semble-t-il, connaissait du monde. Il portait un polo blanc et un maillot de bain de couleur vive. J'aurais parié que c'était un étudiant de l'école navale en vacances. Ces gens-là avaient une assurance détestable. Je décidai en le jugeant immédiatement qu'il devait être insupportable. Il était ce genre de gars qui ont des occupations, proposent des sorties en bateau. Cela ne loupa pas. Il demanda si quelqu'un était intéressé pour aller sur les îles. Une discussion s'engagea. Je ne répondis même pas et, déjà fatigué de leurs projets, je tournai la tête au soleil. Ils parlèrent d'une régate à venir dans la baie. Puis ils furent plusieurs à partir naviguer avec lui. Anne n'avait pas bougé et c'est cela qui comptait. Elle ne rentrait pas dans ce genre de combine. De toute évidence, il était un pauvre type.

5

Un soir, je rentrai plus tôt de la plage. La conversation m'avait ennuyé et les cousins de mon âge étaient partis sur l'eau. Je remontai le sentier, traversai la route et passai la main au-dessus du portail blanc pour tirer le loquet. Rentrer à la grande maison pendant les heures de plage était une expérience étrange. Au-dessus du jardin, le vent faisait frémir les tilleuls. Le parasol gémissait. Dans la vigne vierge bourdonnaient des insectes invisibles. Libéré de son battant, un volet de la salle à manger cognait. Une serviette de plage dansait, pendue au fil à linge. Les pages d'un livre laissé sur la table de jardin se tournaient toutes seules. La nappe remuait. Ainsi livrée aux courants d'air, la grande maison, avec ses portes qui claquaient, semblait bâiller, s'étirer. J'eus le sentiment qu'on l'avait abandonnée dans la précipitation. La maison était libérée pour quelques heures, enfin, de la présence des humains.

En vérité, la maison ne s'était pas vidée tout à fait. La petite grand-mère se reposait dans la chambre du rez-de-chaussée. Pour la sieste, elle privilégiait « la chambre du mort » pour ne pas avoir à monter et descendre l'escalier. On l'appelait de ce nom lugubre parce qu'un arrière-grand-père y était mort. Aussi parce que la chambre, orientée plein nord, était toujours sombre et humide. Elle convenait à une après-midi de sieste mais on n'y vivait pas. On n'ouvrait jamais les volets de la chambre du mort, qui ne connaissait que l'obscurité, le repos de grand-mère et sa toilette au réveil.

Je m'allongeai sur la pierre chaude de la citerne, le dos appuyé contre le mur de la maison. Un journal traînait que je parcourus sans ferveur. Du fond du jardin, j'aperçus un enfant qui venait vers moi. Il avançait en maugréant, frappant les hortensias avec un bâton. Je reconnus Jean.

« Tu n'es pas à la plage ? » lui demandai-je.

Il ne me répondit pas et tourna autour de la citerne comme un chat méfiant. Je fis mine de reprendre la lecture du journal et l'observai du coin de l'œil. Il s'approchait petit à petit, traînant son bout de bois sur le gravier. Il monta une marche, puis une autre. Je sentis des odeurs de terre et de sueur d'enfant.

« Je reviens de la mare, marmonna-t-il.

— La mare… ? »

Il me fallut du temps avant de reconstituer le lieu, l'itinéraire imaginaire qui avait aussi été le mien dans le temps. Il parlait de la mare aux têtards, un lavoir en granit envahi par le cresson, les roseaux et le trèfle d'eau et qui portait le nom d'un saint breton. Les enfants y pêchaient les têtards, ou observaient leur métamorphose en crapauds. Combien de petits frères avait-on poussés dans le dos sur le rebord du lavoir sans fond ? Nous avions fait croire à un ami que le parterre de trèfles qui recouvrait l'eau était du gazon. Il avait couru et s'était enfoncé dans la mare sous nos rires moqueurs.

« La mare aux têtards, Jean ? Tu étais là-bas ? Et où sont les autres ? »

Il essuya sa morve d'un revers de bras, et il fracassa son bout de bois d'un coup sec contre la citerne. De ses yeux humides fusa une larme puis il fondit et s'expliqua, gêné par les pleurs. Je ne comprenais pas. Il parlait avec ses mots d'enfant, citant des prénoms que j'ignorais, des histoires farfelues qui étaient son pain quotidien, le sens de sa vie et qui pour moi ne signifiaient rien. Je déchiffrai une langue étrangère, ou plutôt un dialecte que j'avais parlé, fait de mystères et d'innocence, et duquel je m'étais éloigné, fatalement. Je l'avais désappris. Il me fatiguait ce langage que je laissais volontiers aux parents. Pourtant, dans la langueur de la fin de journée, je tentai pour la première fois de renouer. C'est-à-dire d'écouter un enfant et de chercher à le comprendre. Jean m'expliqua qu'on lui avait fait une farce et qu'il avait perdu les autres et son chemin. Il ne le dit pas, mais je compris qu'il avait pris peur, abandonné seul sur le rebord de la mare. Elle se trouvait dans la clairière d'un petit bois. Une de ces trouées broussailleuses où passent les fantômes et sur lesquelles on raconte des histoires de sorcières.

Je lui caressai la joue avec maladresse et lui demandai s'il voulait faire partie de ma bande. Ses yeux verts me fixèrent. Son regard passa de la sidération à l'excitation de la revanche. Il m'écoutait. Les larmes qui séchaient rendaient ses joues collantes. Je lui dis que dans ma bande, on ne pleurait pas pour si peu et qu'on supportait aussi d'être seul, parfois. Je lui promis aussi que nous irions pêcher le crabe ensemble.

Nous entrâmes dans la cuisine et, du placard aux sucreries, je sortis un goûter. Sous l'étendoir à linge suspendu au plafond, l'armoire en formica, blanche, avait de tout temps contenu le chocolat et les galettes bretonnes. Je ne l'avais plus ouverte depuis une éternité mais je savais. Elle grinçait, ce qui rendait le vol audacieux, surtout dans une pièce aussi exiguë et fréquentée où les oncles et tantes préparaient les repas sur l'antique gazinière. Nous fûmes surpris par grand-mère tous les deux en train de croquer dans le chocolat. Elle sortait de sa sieste. Je dis à Jean qu'il ne fallait pas déranger grand-mère qui se réveillait. Il disparut en courant et j'entendis les boucles de ses sandales grincer jusqu'au salon. Il se plongea dans une bande dessinée en mangeant sa baguette au chocolat.

*

Je pris le thé avec grand-mère. Quand elle émergeait ainsi, elle supportait un second réveil. Une tante coiffa sa chevelure grise et grand-mère descendit lentement les marches de la cuisine. Elle s'assit sur une chaise en plastique, dans le jardin. Laissant infuser le thé de longues minutes, elle attendait qu'il soit « fait » en se servant de biscuits secs. Sa seule inquiétude était de s'assurer que je m'étais assez servi et qu'il restât suffisamment d'eau chaude dans la théière.

Grand-mère se déplaçait avec une canne de vieux monsieur. Cela rendait plus grave la démarche de cette dame sans âge, vulnérable et silencieuse. Je lui avais toujours connu des boucles d'oreilles, discrètes, des petites perles diaphanes assorties à son chemisier en soie blanc. En cela, elle restait fidèle à l'élégance pleine de dignité de son mari. Jusqu'à sa mort, grand-père avait porté un costume, tous les jours. Il n'avait jamais transigé. Malgré la lenteur infinie de ses gestes, il troquait son pyjama en satin pour une chemise blanche et une cravate, auxquelles il ajoutait un pull marin pendant l'hiver. S'habiller lui prenait toute la matinée. Mais jamais je ne le connus négligé, gardant pantoufles ou veste de survêtement.

Grand-mère était là avec moi et en même temps absente. Elle ne reconnaissait plus nos visages qui changeaient, s'épaississaient, se creusaient, se teignaient de barbe. La vie était un spectacle qu'elle regardait de loin, sans en retenir les personnages. Mais elle pouvait dire le nom des inconnus qui figuraient sur les photos de famille. L'album sur les genoux, elle posait ses doigts arthritiques sur chaque cliché et déchiffrait pour nous de lointains parents. C'était une litanie de noms entendus mille fois, des « maman Jeanne », « petit père », « oncle Gilbert », « grand-père Sorel »... Elle appartenait davantage à ce passé en noir et blanc qu'au présent. Nous étions les siens mais nous nous confondions dans un anonymat de foule. Des arrière-petits-enfants naissaient chaque année. Sa descendance gonflait. Le réel lui échappait.

Avec son mari, grand-mère avait navigué jusqu'en Orient. Ils avaient vu les plus belles îles de Méditerranée, mouillé dans des criques impossibles et visité les archipels de Grèce. Je pensais à tout ce qu'elle avait contemplé et que je ne connaîtrais jamais. Cette petite dame navrée dans le demi-silence de l'extrême vieillesse avait vu la skyline de New York, les érables du Canada, et supporté la haute mer, le grand large sans la moindre terre au bout. Elle était revenue de tous ces voyages et sa surprise désormais était de nous voir arriver et partir. « C'est gentil de ne pas oublier ta petite grand-mère », murmurait-elle. Elle observait les manèges de sa tribu avec un sourire en coin et la main droite posée au bout des lèvres. Ses yeux épuisés se perdaient dans le vague. Son monde se rétrécissait. Son environnement familier se réduisait. Dans sa propre ville, il y avait toutes ces rues qu'elle n'emprunterait plus jamais. Même le dernier étage de la grande maison devait maintenant lui être étranger. Ce rétrécissement m'inquiétait. Je ne supportais pas l'idée d'un lieu où je ne reviendrais plus jamais. C'étaient des petites morts. Et je croyais que toute la vie, il serait possible de courir partout et de revenir.

Le soleil qui avait disparu derrière un nuage réapparut en griffant. Il irradiait cette pure journée d'été. Le vent s'était levé en même temps que grand-mère ; cela signifiait que la marée montait. Derrière les haies, sur le sentier, on entendait des familles qui rentraient de la plage dans le bastringue des seaux en plastique, des pelles et des râteaux. Encore un jour de passé durant lequel je n'avais rien fait. Dans la tasse, le thé troublé par les miettes des biscuits refroidissait. Nous partageâmes un long silence, grand-mère et moi, brisé seulement par la tante qui demanda si elle voulait son chapeau. Je la regardais, murée dans son silence, dépassée par les conversations, absente, livrée à son monde propre comme une infirme. Derrière ses verres fumés, je devinais ses yeux posés sur moi, et puis qui naviguaient entre la théière et l'entrée du jardin. Grand-mère, ma petite grand-mère… À quoi pensait-elle ?

6

On m'avait juré que si je la regardais à l'œil nu, je deviendrais aveugle. Le jour de l'éclipse solaire était donc arrivé avec l'excitation qui précède les grands événements mais la crainte, aussi, de perdre la vue. J'avais huit ans, déjà passé l'âge de raison, et je vivais encore avec des peurs puériles.

Toute la matinée, nous avions préparé la sortie. Un désordre pas possible régnait dans la maison. Des enfants pleuraient, on s'appelait d'un étage à l'autre. Sur la table de la salle à manger, on avait déballé les lunettes en carton qui devaient nous protéger les yeux. Il y eut une distribution. Les oncles et les tantes emmenaient les enfants par grappes. Il s'agissait de ne pas être en retard. On avait repoussé l'heure du repas mais une tante avait choisi de rester dans la cuisine. Il fallait bien que quelqu'un s'y colle, arguait-elle. Elle disait qu'elle s'en fichait de l'éclipse, ou qu'elle la verrait aussi bien depuis la citerne. Je ne comprenais pas qu'on puisse manquer un phénomène qui ne se produit qu'une fois par siècle. C'était comme ceux qui ignoraient le Tour de France alors qu'il passe sur leur palier. Cela me sidérait. J'avais dû poser la question vingt fois à ma mère : ces lunettes étaient-elles vraiment efficaces ? Pouvait-on faire confiance à un morceau de carton ? La fine pellicule de plastique empêcherait-elle d'être aveugle ? Je fus rassuré mais on ne s'attarda pas sur mon cas. Je quittai la grande maison sans certitudes, inquiet toujours. Je me greffai à un groupe de cousins qui chahutaient sur le chemin de la plage.

Dans la lande, des gens que je ne voyais jamais marchaient dans la même direction. Certains s'étaient déjà arrêtés sur un rocher, et pique-niquaient, assis en tailleur, en attendant l'éclipse. Je n'imaginais pas qu'il y ait eu autant d'êtres vivants dans ce pays. Il y avait plus de monde encore que lors des belles après-midi de plage. Mais le spectacle, cette fois, ne viendrait pas de la mer. Il surgirait du ciel. On nous promettait la nuit à midi.

Nous marchâmes jusqu'à la pointe. Les mollets piqués par l'ajonc, nous montâmes jusqu'au menhir et sa croix en granit. La pointe dominait la baie. C'est ici qu'on tirait le feu d'artifice du 15 août. On voyait les bateaux au repos à la cale, les criques silencieuses et les îles. Il y avait foule aussi sur le port, des gens assis à califourchon sur le muret ou agglutinés sur le môle. En rassemblant au même endroit une sépulture néolithique et une croix du Christ monumentale, la pointe joignait le culte des morts païen à la foi catholique. Le ciel était chargé. Le soleil disparaissait derrière des nuages denses. Nous n'étions sûrs de rien, l'événement se produirait peut-être sans que nous le voyions. D'ailleurs, les caprices du ciel de Bretagne pouvaient me mettre hors de moi. Quand la bruine gâchait une journée d'escapades, je tournais en rond dans la grande maison en jurant. On nous volait nos vacances. « Écoute, tu n'y peux rien... », soupirait ma mère. On organisait des jeux d'intérieur. Il y avait des sanglots et des bagarres. Des punitions. Et quand un rayon de soleil venait enfin frapper le bow-window embué, les adultes fatigués poussaient une clameur de soulagement. On se levait en renversant les chaises, le ballon sous le bras. On traversait la salle à manger en glissant, on enfilait nos bottes qui pliaient sous nos pieds et on sautait les marches de la cuisine à pieds joints pour gagner le jardin trempé. L'herbe était grasse, les flaques clairsemaient l'allée, l'eau gouttait des arbres, mais nous pouvions jouer à l'air libre et retrouver nos cabanes. La vie sauvage reprenait son cours.

Les mouettes qui tournaient habituellement autour de la pointe avaient disparu. Un vol de grives affolées passa en rasant la bruyère. La mer était d'un calme inquiétant mais personne ne regardait plus la baie. On avait les yeux rivés au ciel, ajustant ses lunettes en carton. Les blagues fusaient, il y avait toujours des drôles. Les nuages se dispersèrent et, tout à coup, il y eut un murmure. Le ciel s'assombrit et la température tomba. Dans ma main, je tenais ferme mes lunettes mais je n'osais pas les mettre. Plus personne ne s'occupait du groupe, chacun regardait le ciel de son côté. Silences et acclamations se succédèrent. « Ils sont fous, pensai-je, ils vont tous devenir aveugles. » Je courus me réfugier sous le menhir, dans la galerie couverte. Il y avait là d'autres enfants qui jouaient entre eux avec leurs lunettes sur le nez. Moi, je me recroquevillai dans un coin, face contre terre et mains sur les yeux. Et je ne bougeai plus. Je ne sais pas combien de temps je restai là, apeuré, les yeux fermés si fort que mon visage était perclus de crampes. Je ne voulais pas perdre la vue et cette éclipse s'annonçait comme un fiasco. Dehors, ils applaudissaient le ciel. J'entendis même une rumeur qui venait du port. Il y eut des rires, des embrassades. Un groupe déboucha une bouteille de champagne car je reconnus le hoquet du bouchon. Enfin je sortis de ma cachette en granit. L'agitation régnait. J'aurais sans doute espéré voir un homme hurler de douleur, jurer qu'il avait la rétine abîmée, qu'il ne voyait plus rien. J'aurais voulu le mal pour quelqu'un. Mais personne n'était devenu aveugle. J'avais cru un obscur cousin ou surpris la conversation des grands. On m'avait fait marcher et j'avais tout pris au sérieux. Je venais de rater l'éclipse. En voulant me protéger, sans doute, on m'avait menti. Un copain se vanta même d'avoir levé les yeux sur les astres sans ses lunettes. Et il ne s'était rien passé.

En rentrant par le sentier côtier, les mains dans mes poches, je baissais le front et tapais dans les cailloux. J'entendis les autres qui parlaient de ce qu'ils avaient vu, des cousins de mon âge qui, eux, n'avaient pas eu peur. Je déchirai mes lunettes en carton et les jetai dans les buissons. Je pensai que je devrais supporter toute ma vie le complexe d'avoir vécu l'éclipse sans la voir. J'étais un peureux, voilà. En arrivant à la maison, grand-mère me demanda si j'avais vu l'éclipse et comment je l'avais trouvée. Je hochai la tête en répondant que c'était une jolie chose. Grand-mère sourit et ce nouveau mensonge m'attrista davantage. « Tu es un âne, pensai-je tout bas, tu viens de tout gâcher. » Aussitôt, je montai à l'étage et m'enfermai dans ma chambre pour pleurer. Bien des années plus tard, en cherchant un embout pour gonfler les ballons, j'ai retrouvé une paire de lunettes en carton dans un tiroir. Cela n'avait rien à faire là. J'ai pensé à la déchirer avant de me retenir. Le souvenir de l'éclipse réapparut comme une vieille bouteille jetée à la mer. J'ai refermé le tiroir sans me venger. Et les lunettes s'évanouirent dans le « grand tout ».

Éric Tabarly avait disparu en mer juste avant les vacances. Cela signifiait quelque chose dans une famille qui naviguait. Au cours du même été, la France était devenue championne du monde de football pour la première fois. Et voilà qu'un an plus tard, le soleil s'effaçait derrière la lune en pleine journée. La fin du deuxième millénaire coïncidait avec l'entrée des événements dans ma vie. Les moments importants avaient lieu en été. Pendant les vacances, il se passait des choses merveilleuses.

7

Le début des vacances exigeait un devoir de visites. Il y avait tous ceux qu'on ne voyait pas sur la plage, les parents plus lointains des maisons reculées. « Ils ne seront pas éternels… », nous disait-on en parlant des aïeux. Je savais aujourd'hui que c'était vrai. Notre nom avait commencé à remplir le cimetière du bourg. Mes morts étaient ici sur la terre qu'ils avaient élue. Ils avaient choisi d'être enterrés là où ils avaient connu leurs plus beaux soleils et où ils finirent leurs jours. Ils reposaient dans une allée nouvelle du cimetière, après les lotissements, à l'ombre d'un château d'eau.

Par paresse, je laissai passer quelques jours avant de rendre visite à tante Yvonne. Elle habitait dans un corps de ferme sur la route des dunes. Après de hauts cyprès bossus par les tempêtes, on entrait par un sentier de coquillages concassés. Depuis la mort de Joseph, son mari, elle logeait dans une maison mitoyenne de la grange en pierre. Pour un enfant, le jardin de tante Yvonne était une mine de trésors, un terrain vague, un lieu d'imaginations, de jeux, de cache-cache et de découvertes périlleuses. Désormais je découvrais avec d'autres yeux cette décharge dans les herbes folles. Tout s'y entassait : carcasse de voiture, tracteur rouillé, Algeco condamné par la mousse, cagettes, palettes, aquariums fangeux remplis d'eau de pluie, pots de fleurs, outils de jardin, téléviseur, remorques, portail sorti de ses gonds, congélateur, réfrigérateur… Le linge séchait sur un Tancarville de fortune, les fils électriques pendaient d'un bâtiment à l'autre. La grange dégorgeait là-dessus des centaines d'objets empilés depuis des années, jamais triés, et qui devaient servir un jour. Sûrement. Peut-être… Les champs d'endives et de choux-fleurs entouraient la ferme. Un tracteur ronronnait toujours au loin. Yvonne, qui n'était pas d'ici, avait épousé un cultivateur du pays. Issue d'une famille bourgeoise des bords de Saône, elle était venue s'installer aux confins de la France après son mariage. Elle avait épousé l'existence rude et noire des paysans du Léon, une vie de manque, indigente et austère. Oncle Joseph, fils de médecin de campagne, avait vécu là toute sa vie et nous considérait comme des Parisiens. Il était mort la même année que ses frères, comme s'ils s'étaient mis d'accord. Comme s'ils s'étaient attendus. Il semblait parler parfaitement breton mais nous n'avions jamais su si cela était vrai. Ou s'il maltraitait le vieux langage d'ici pour nous complexer davantage.

Ils étaient des gens simples qui n'auraient dérogé à leurs principes pour rien au monde. Tante Yvonne avait souffert, leurs enfants aussi. C'était une certitude. Ils vivaient ici au mépris du confort moderne. Entre la ferme humide et sombre au sol de terre battue et le logement fonctionnel petit-bourgeois des années soixante-dix, ils n'avaient fait que la moitié du chemin. Tante Yvonne était pieuse et jouait de l'harmonium le dimanche matin à la messe. Lui s'en fichait de toute évidence mais pratiquait par fidélité.

L'oncle Joseph nous fascinait par sa diction graillonnante, sa charpente de gaillard bombée dans ses pull-overs troués, son pas lourd et minuté qui ressemblait au tic-tac de l'horloge. Il manquait un doigt à sa main droite. On nous avait dit qu'il l'avait perdu, laissé se gangrener pour n'avoir pas voulu se soigner. Quand je le saluais, ma petite main blanche s'enfonçait quelques secondes dans le monde agricole de sa pogne à quatre doigts. Oncle Joseph avait le regard bleu opalin, pareil à celui d'un aveugle. À la fin de sa vie, la cataracte mangeait ses yeux et l'obligeait à vivre dans l'obscurité. En entrant dans la maison, nous passions de la lumière du jour à une nuit de tanière. « Qui est là ? » demandait-il de sa voix rocailleuse. Il était assis derrière la table de la cuisine et buvait de la limonade en tournant les pages du *Télégramme*. Ses yeux bleus brillaient dans le noir comme une veilleuse. C'était un vieux sage qui encourageait les bêtises.

La ferme était la seule maison à posséder une télévision. Le samedi soir, nous allions voir *Fort Boyard* avec nos cousins après le journal télévisé de l'oncle Joseph. Il laissait sa place aux enfants et regagnait sa chaise en rotin dans la cuisine. L'écran était gris et arrondi, c'était un téléviseur comme on n'en fait plus. Il s'allumait dans un crépitement et nous ne savions jamais laquelle des cinq télécommandes posées sur la table basse fonctionnait. Nous nous entassions sur les fauteuils, sous des plaids. Parfois, un feu mourait dans l'âtre. Les soirées du samedi chez Joseph et Yvonne avaient quelque chose des veillées d'hiver en plein mois d'août. Ils finissaient leur soupe à côté dans des bruits de vaisselle pendant que nous démarrions notre émission. La lumière cathodique enveloppait la pièce de rayons bleutés. Cet endroit sombre et hors du temps resta lié à une nouvelle télévisée qui chahuta mon enfance. Dans le salon de tante Yvonne, en regardant le journal de 20 heures, j'appris le retour en équipe de France de Zidane. La nouvelle me marqua car Zidane avait parlé d'une vision, d'une voix dans la nuit qui lui avait sommé de revenir chez les Bleus. L'annonce quasi mystique du retour du champion me marqua profondément, et l'environnement dans lequel je l'appris n'y était pas étranger. La chaumière de ces vieux parents sur laquelle le soir tombait, isolée dans un pays de légendes où chaque nuit d'été était une plongée dans l'hiver, conféra une sorte d'ésotérisme à ce souvenir d'enfance. Zidane avait-il été visité par un ange ? Cette idée me plaisait autant qu'elle m'effrayait.

*

Ce jour-là en arrivant, je trouvai la maison ouverte et vide. J'appelai. Tante Yvonne avait dû partir se promener vers les dunes. C'était sa promenade habituelle, je crois, qu'elle accomplissait parfois à des heures indues. Elle allait jusqu'à la maison d'une amie. Les nuits d'hiver, la lumière automatique du jardin projetait son ombre sur le gravier. Le chien aboyait derrière la porte.

Je la rattrapai en chemin. Sur la route bosselée qui passait entre les haies des champs, sous le ciel ample du Finistère, sa silhouette noire se dessina. Elle marchait d'un pas franc, appuyée sur sa canne. Elle portait son chapeau noir comme les nombreuses couches de laine qui la couvraient. « Tu sais, je deviens sourde », soupira-t-elle. Puis elle s'étonna, me demanda quand j'étais arrivé et quand je repartirais. Je l'avais toujours connue vieille bien sûr, mais sans que l'âge n'altérât sa tonicité et ses fermes volontés. Je m'étais absenté quelques années et voilà qu'elle entrait maintenant dans une autre vieillesse, plus profonde, aux confins. Elle fatiguait. À quatre-vingt-dix ans passés, elle restait pourtant indépendante. Mais elle se plaignait. Tout était plus lent désormais. Si certains prétendent qu'aux plus âgés les journées semblent longues, elle disait au contraire que les jours pour elle étaient trop courts. Elle n'avait le temps de rien faire. La nuit tombait comme un boisseau sur la flamme d'une bougie. Chaque soir, un jour de plus s'éteignait qu'elle avait à peine consommé.

J'étais chaque fois étonné et ravi de voir qu'à son âge, elle se souvenait encore de tout. De nous autres, petits-neveux, de ses petits-enfants et des arrière-petits-enfants. Mais elle se défendait en répondant qu'elle ne se sentait « plus bonne à rien ». Je me baissai pour attraper son regard en biais. Ses yeux étaient plus bas. Elle avait conservé la longue et dense chevelure des femmes de la famille, gris-noir. Elle coinçait ses cheveux sous une barrette. Yvonne me donna des nouvelles de mes cousins éloignés. Elle avait reçu une carte de Louis. « Il est toujours à New York, ça se passe bien. » J'ignorais que Louis était à New York. Elle dit encore que ma cousine viendrait avec ses enfants la semaine prochaine, sans savoir comment elle accueillerait tous ces gens. « Je ne suis plus bonne à rien », répéta-t-elle. Je niai. Pas pour lui faire plaisir, mais parce que ce n'était pas vrai. Tante Yvonne restait vive, elle n'était pas absente comme la petite grand-mère. Il lui arrivait encore de relever ses jupes et de marcher dans l'eau, le long de la plage, à marée montante. Elle se plaignit : « J'oublie tout. » Mais c'était elle qui me donnait des nouvelles de ma famille dispersée dans le monde. Par ses mots qui disaient aussi son humilité, tante Yvonne renonçait. Cependant, avec volonté, elle acceptait le sort d'une vieillesse longue et douloureuse.

Tenant mon vélo à la main, je l'accompagnai jusqu'à la maison de son amie.

8

Un matin, en croisant les enfants qui s'amusaient sous les pommiers, j'eus envie, moi aussi, d'aller voir la mare aux têtards. Le récit de Jean m'avait fait réfléchir. Je remarquais que, en grandissant, certains lieux disparaissaient de ma géographie intime.

Les garçons se pourchassaient sous les arbres. J'arrachai une pomme difforme au goût acide, et demandai à Jean à quoi ils jouaient. Je réussissais maintenant à retenir son attention. Il avait oublié mes projets de bande et retrouvé celle des cousins de son âge. Il me répondit qu'ils jouaient aux pirates et aux Indiens. Je ris de bon cœur et lui dis que cela n'existait pas. On jouait aux cow-boys et aux Indiens, aux pirates et aux corsaires, mais sûrement pas à ce jeu-là. Il avait dessiné sur son visage une moustache au bouchon de liège. Je lui fis remarquer, en plus, qu'il portait une cape de mousquetaire. Non, vraiment, des pirates comme cela n'existaient pas. Jean, qui tenait en joue son cousin avec une arme en bois, leva les yeux sur moi. Il me dévisagea avec le détachement et la lassitude d'un adulte, ou bien cet air que peut prendre un professeur écœuré par la stupidité de son élève. Décidément, je ne comprenais rien. J'étais largué. Jean n'ajouta pas un mot et se remit au combat. Je quittai le champ de pommiers en me trouvant idiot. J'étais donc l'oncle triste qui ne savait pas parler aux enfants. Je condamnais leur imagination.

Bien loin de leurs cris, le lavoir était une tache d'eau entourée de pierre, nichée au fond d'une clairière humide. Abritée sous les chênes, elle ne connaissait pas le soleil. Ou bien fallait-il savoir l'heure exacte à laquelle un rayon transperçait le bocage et crevait les toiles d'araignée pour atteindre la mare noir et vert. Un modeste filet d'eau coulait, donnant au lavoir des faux airs de fontaine. On l'avait baptisé du nom d'une sainte décapitée ici par son frère qui la croyait débauchée. Selon la légende, la jeune femme serait rentrée au château voir son meurtrier en portant sa tête. Elle l'aurait replacée sur son cou, pardonnant à son frère. Repenti, il irait bâtir les fondations d'une abbaye et deviendrait saint lui aussi. Que restait-il du mythe aujourd'hui ? Un fléchissement dans la pierre du bassin marquait l'empreinte de la tête coupée. Et l'on trouvait des statues de la fratrie dans les chapelles du pays.

Durant des siècles, les lavandières avaient frotté leur linge agenouillées au-dessus de ces bassins aux noms de saints. Les draps blancs étaient portés dans la clairière en procession. Grand-mère et tante Yvonne avaient connu l'eau du puits et le linge qu'on frottait au lavoir. Lors des rares hivers qu'ils passaient à la grande maison, les enfants prenaient leur bain dans une bassine d'eau chaude tout juste sortie du feu. Ils avaient toujours froid, nous racontaient-ils parfois. La chaleur était un luxe. Et maintenant que l'eau chaude arrivait au robinet, que des machines lavaient et essoraient le linge, les bassins en granit n'étaient plus fréquentés que par les enfants et les têtards.

La mare me parut petite et insignifiante. Je l'enjambai sans effort. Nous avions passé ici des matinées merveilleuses, à chasser les larves avec nos épuisettes, à observer leur monstrueuse métamorphose, les sandales dans la boue et les mains crottées. Nos bouilles blanches se reflétaient dans l'eau noire. On y plongeait le nez sans crainte.

Dans certains bassins autour de Brest, les visiteurs jetaient des pièces. Je ne comprenais pas qu'on dilapidât son argent de poche dans des fontaines. Un jour, mon père amusé fit le guet. Et nous avions retroussé nos pantalons pour ramasser les pièces. C'était trop bête. L'argent mouillé fut consommé en confiseries.

Les mares et les bassins étaient mes mers du Sud. Les nénuphars et d'autres plantes d'eau leur conféraient un certain exotisme, une touffeur de tropique. L'eau tourbeuse dissimulait des monstres marins et, disait-on, elle guérissait les maux. Autour de la mare, nos mères récupéraient des mauvaises herbes dont la sève orange réparait les verrues sous nos pieds. Mais une autre peur menaçait le rythme paisible de mes étés bretons et des après-midi à la mare aux têtards. On disait que les bosquets et la pierraille autour de la grande maison étaient infestés de vipères. La peur des serpents fut une de mes premières paranoïas. Ils peuplaient mes rêves et firent de moi un petit garçon méfiant. Certains rares jours de chaleur, je guettais le jardin bruissant depuis la citerne et j'imaginais la centaine de reptiles qui rampaient dans les broussailles, sous les tas de pierres, grouillaient dans les ronciers, derrière les hortensias et les haies de troènes. Je vivais inquiet. Ils étaient là, malins. Ils se cachaient. La crainte des serpents devait encore venir d'une conversation entre adultes surprise au cours d'un déjeuner, de quelques mots sans sérieux que j'avais aussitôt montés en drame. Il y avait aussi, dans l'église du bourg, cette statue en bois de l'archange saint Michel qui terrassait un affreux serpent en convulsion. Pendant la messe, je l'observais avec frayeur. Un jour, alors que je traînais autour de la mare sur mon vélo bleu, j'avais aperçu une trace de bave sur mon bras. Convaincu qu'il s'agissait de la morsure d'un serpent, j'étais rentré effaré à la maison en jetant mon vélo sur le gravier. Je sentais le poison monter en moi. J'avais déboulé dans chaque pièce à la recherche d'un adulte, je m'étais cogné, j'avais hurlé à la mort en parlant déjà d'hôpital. Bien sûr, ce n'était rien. Je fus rassuré. Sans le savoir, je venais de supporter la première crise de panique de ma vie. Longtemps, la peur du venin précéda celle du cœur qui cesse soudain de battre. À chaque âge de l'enfance naissait une crainte qui disait mon hostilité au monde. La peur des serpents ne me quitta jamais. Mais un beau jour, sur la route de la plage, j'aperçus le cadavre d'une couleuvre en bouillie. Elle était passée sous les roues d'une voiture. Je voyais l'animal pour la première fois et il était écrasé, ses écailles réduites à de la charpie. C'était donc cela mon invisible prédateur, l'hôte mauvais de mes nuits de fièvre ? Une misérable anguille incapable de franchir la route. Le reptile qui me menaçait, que j'estimais, venait de perdre sa splendeur funeste, balayée par le caoutchouc d'une automobile. Je fus conquis d'un sentiment chevaleresque qui me dépassait, en regrettant tout à coup la mort d'un ennemi.

*

En rentrant de la mare par le chemin côtier, je devinai, au loin, un grain qui tombait sur les îles. Le vent s'était levé et il brassait de violentes haleines de goémon. Dans le ciel mouvementé, les nuages passaient au galop. Un rideau d'acier coupait l'horizon et avançait dans ma direction. Déjà, dans la baie, la pluie mitraillait la mer hérissée par les rafales. Les voiliers jaune et blanc de l'école nautique bataillaient dans la houle. Je marchai d'un pas pressé, en sachant que l'averse s'abattrait sur moi d'un instant à l'autre. Fatalement. Elle tomba si tranchante que je dus progresser la tête baissée, les oreilles saoulées par le bourdonnement du vent. Devant moi, en contrebas, se dessinèrent les murs gris du blockhaus. Les batteries creusées dans la falaise avaient été éparpillées sur la côte par les Allemands. Elles n'avaient jamais été déterrées, plus solides que la terre elle-même. Ces ruines ne nous dérangeaient pas. Les blockhaus ensablés, éventrés, faisaient partie du mystérieux décor de notre côte. Ils avaient même été pour nous les conquêtes de débarquements imaginaires.

Je courus me mettre à l'abri. Mais je m'arrêtai au seuil de la première pièce. Des vélos étaient rangés contre le mur et j'entendis des éclats de voix. J'étais désormais protégé de l'averse mais je cédai à la curiosité et, sans faire de bruit, je pénétrai plus avant dans le blockhaus. Depuis un soupirail, je pus entrevoir une petite bande, trois garçons et deux jeunes filles qui fumaient des cigarettes. Ils étaient occupés sur leur téléphone et parlaient peu. Une enceinte diffusait de la musique. Ils se passaient de temps en temps une bouteille de soda. Un garçon se leva et pelota une fille, visiblement sa petite copine car elle ne broncha pas. Elle fit à peine attention à lui, mâchouillant son chewing-gum avec indifférence, les yeux vissés sur son écran. « Non mais celle-là, quelle pouffiasse... », soupira-t-elle en hochant la tête. Son amie assise par terre à ses côtés se pencha. Elle portait un appareil dentaire. L'autre garçon rota. Il tournait en rond, les mains dans les poches de son survêtement, puis il sortit un feutre avec lequel il gribouilla sans succès le béton. Les locaux, comme nous les appelions, gaspillaient leurs vacances dans leur environnement de chaque jour. Pour eux, l'arrivée des vacanciers était une invasion. Nous étions les Parisiens et rien n'aurait pu les faire changer d'avis. Ils passaient le temps. Ils s'ennuyaient. Mais à leur manière, ces gamins reproduisaient ce que nous avions fait dans le même endroit un jour : décapsuler une mauvaise bière, parler des filles, jouer au « cap ou pas cap », tirer sur la première cigarette. Le blockhaus était un lieu de subversion, d'interdits, d'expérimentations. Il voyait passer des enfants qui devenaient des adolescents. Sur les murs, on déchiffrait des messages pornographiques. Des mégots et des préservatifs traînaient sur le sol, et des boîtes de bière forte, des tessons de bouteille. Le blockhaus était l'endroit des grands. Il s'y disait des secrets inutiles. Et les étés du blockhaus, sans nous en rendre compte, nous prenions dix centimètres. Nous mettions une couleur d'étron sur le shit et nous apprenions ce que « sucer » voulait dire. C'était notre misérable découverte des choses de la vie. Je pensais, en regardant ces gamins, que l'existence était bien faite. Pour rien au monde je n'aurais échangé ma place pour la leur, troqué la maturité pour mon adolescence. Oui, la vie était bien faite parce qu'on ne souhaitait jamais revenir en arrière.

Le grain était passé comme un bombardement, laissant le pays désolé. Dans la bruyère, les bosquets d'ajoncs ruisselaient. La mer restait agitée dans la baie mais elle se défrisa. Alors je laissai les jeunes à leurs secrets et repris mon chemin.

9

Un jour, Catherine et François vinrent à la plage une dernière fois. Ils avaient déjà rempli le coffre de leur voiture et partaient finir leurs vacances à Morlaix. C'était à côté. Mais tout départ définitif de la grande maison semblait un long voyage. Ils ne seraient pas loin mais nous ne nous reverrions plus de l'été. Ils partaient au moment où les maisons se peuplaient. Les familles se rassemblaient à l'approche du 15 août. À la grande maison, le dortoir était plein. On donnait cette désignation de pensionnat à la chambre qui comptait trois lits. Dans nos têtes, son vrai surnom était la décuve parce que c'est au dortoir qu'on envoyait les cousins qui rentraient ivres, le soir, du café du port.

Sur la plage, les complexes n'existaient pas. Les fausses pudeurs non plus. Les tantes et les oncles exhibaient leurs peaux déformées, les vergetures, les graisses qui ne fondraient plus. Les mèches de cheveux mouillés rabattues laissaient deviner les calvities qui s'ouvraient sur les crânes.

Nous étions entre nous et ils avaient passé l'âge de se piquer pour une remarque. Des remarques, de toute manière, il n'y en avait pas. On se dévêtait au milieu des autres, passant une serviette autour de la taille pour enfiler son maillot de bain. L'eau froide dans laquelle ils nageaient détendait leurs muscles raides. Ils étaient plus courageux que nous. Ils redécouvraient les vertus des bains de mer ou ils en parlaient plus qu'avant, car je ne me souvenais pas qu'ils nageaient autant. Ils allaient se baigner à plusieurs en papotant et rentraient seuls, regagnant leur serviette d'un pas franc, la peau tirée par le sel, ragaillardis. Ceux qui commençaient tout juste leurs vacances étaient plus frileux. Ils ne se déshabillaient pas immédiatement, gardaient un tee-shirt ou s'entouraient d'un paréo. Cependant, il suffisait qu'un oncle s'approche en slip de bain, la peau bourrelée et ridée, déjà usée par les soleils de juillet, pour qu'ils sortent de leur réserve. Les plus âgés faisaient mentir ceux qui prétendent qu'il faut être jeune pour être nu et profiter du soleil, jouir des heures chaudes, faire voir son corps.

Il ne fallait jamais déranger Catherine après son bain de mer. Elle se laissait sécher au soleil comme un chat lové sur une pierre. François s'ébroua au-dessus d'elle en rigolant niaisement, cherchant parmi les cousins un regard complice. À lui le soleil ne cédait rien, pas le moindre hâle. Il avait la peau pâle alors qu'il passait ses journées dehors. Mais avec sa musculature sèche de karatéka, il était taillé à la serpe et pointu comme un requin. Il se dandina au-dessus de nous en chantant : « *Toute la journée j'écoute*

Radio 7 ! J'ai même plus le temps de remonter mes chaussettes ! Bah alors, vous connaissez pas comme radio ?

— Enfin François, comment veux-tu qu'ils connaissent…, soupira Catherine.

— *Changez de planète, écoutez Radio 7…* », dit-il encore avec la main devant la bouche. Nous rîmes de bon cœur. François était de toute façon incapable de s'asseoir sur une serviette et de jouir du beau temps. Il fallait toujours qu'il soit occupé sinon il s'ennuyait. Il s'éloigna en se déhanchant : « *Si t'es pas bien dans ta tête, écoute, écoute Radio 7 !* »

*

Avec des cousins plus jeunes, nous ne bougions plus, paralysés par le soleil de plomb. Les mères disaient que cela faisait bien longtemps qu'on n'avait pas vu un été pareil. Un cousin attrapa *Le Télégramme de Brest* qui dépassait d'un sac de plage en toile de jute éventré au pied d'un rocher. Il feuilleta le journal, rabattant de ses bras collants les pages qui s'envolaient. Une brise languide flottait sur le sable. Enfin, il arriva aux petites annonces, s'amusa seul puis lut à voix haute, hilare : « *Cinquante ans, commandant de navire, divorcé, les cheveux poivre et sel, le regard marron, il est grand et large d'épaules. Le style décontracté chic, c'est un sportif passionné de voile et de nature. Tenace, il sait se montrer tendre et attentionné. Il cherche une femme de quarante cinquante ans, dynamique et féminine, curieuse, soignée.* Tu vois, dit-il en s'adressant à sa sœur, plus la peine d'aller chercher l'âme sœur au café du port…

— Je t'emmerde, répondit-elle seulement, dérangée dans sa sieste. Elle en profita pour réajuster son bikini au bronzage qu'elle souhaitait.

— Ça va, on rigole. Tiens un autre : *Quarante-neuf ans, célibataire sans enfants, ouvrier, homme au beau regard bleu, très souriant, positif, équilibré, calme et courageux. Il aime aller voir des concerts et les balades en bord de mer.* »

Ma cousine se redressa vers nous, les yeux piqués par le soleil, et soupira, prétextant qu'elle ne comprenait pas qu'on s'affichât de la sorte dans un journal. Je répondis qu'ils ne prenaient pas grand risque d'être reconnus. Ces choses-là étaient pleines de généralités. Et puis de toute façon, qui les lisait ?

« *Cinquante ans, divorcée, directrice de société,* pouffa encore mon cousin. *Belle femme mince, cheveux châtains mi-longs, yeux bleus, élégante et féminine, ambitieuse, travailleuse, câline, attentionnée. Dynamique, aimant les choses simples, elle apprécie de boire un verre en terrasse…* Les verres en terrasse, je crois que c'est pour moi. Mais cinquante ans, c'est l'âge de maman. »

Le petit cirque réveilla les uns et les autres. Catherine, qui aurait bien pu être morte, inanimée sur sa serviette, dit sans bouger, le regard perdu derrière ses lunettes de soleil, qu'on ne devait pas se moquer des petites annonces. « Ces gens-là, au moins, ils ont un peu de volonté. Ils sont à la recherche de quelque chose. *Un homme courageux…* Moi je trouve ça beau le courage. Qui parle encore de courage aujourd'hui ? »

Catherine ne parlait jamais pour rien. Sa nonchalance, son calme apparent pouvaient exploser dans des colères soudaines. Comme si elle encaissait sans réagir et puis attendait le moment juste pour dégainer ce qu'elle enfouissait jusque-là. Les gens comme ça me mettaient mal à l'aise car ils avaient toujours l'air de vous faire comprendre que vous parliez trop et pour ne rien dire. Catherine était économe en mots. Si elle se levait à nos blagues, c'était que cela la touchait. Elle dit encore qu'elle trouvait les annonces bien écrites. De nos jours, ce n'était pas courant. Nous, on s'envoyait par téléphone des messages aux textes rapides et sans profondeur, sans ponctuation. Ces gens-là prenaient le temps d'écrire.

« Et puis ce n'est pas facile de se reconnaître quelques qualités, tu sais…

— Tu crois vraiment qu'on peut trouver la femme de sa vie dans le journal ? répondit mon cousin avec désinvolture. En plus je suis sûr que c'est plein de mensonges.

— Mais attends, les gens n'ont pas tous ton âge… Toi, tu crois qu'il n'y a qu'ivre mort dans un bar qu'on peut rencontrer une fille. Y a plein de façons… Et puis le café du port, c'est lassant parfois.

— Bah non, faut prendre des risques. Ils envoient leur message au petit bonheur en attendant qu'on leur réponde. »

Catherine lui rétorqua que cela était faux. Ils se laissaient juste le temps d'espérer. D'ailleurs, pour lui, ce journal n'était qu'un bout de papier qu'il mettrait ce soir à la poubelle ou qui servirait un jour à allumer un feu. Mais pour ces gens-là, cette édition comptait beaucoup. C'était une bouteille à la mer, dit-elle encore, le regard perdu au loin dans la baie.

« Tiens, et tout n'est pas toujours comme tu crois. Tu émets des sentences lapidaires, tu juges, tu es définitif ! » Elle dit cela d'une seule haleine. Cette lueur d'agressivité, qui s'éteignit aussitôt, lui correspondait bien. C'était aussi une manière de clore la discussion. Mon cousin répondit par un long soupir, prétextant qu'on ne pouvait même plus rigoler. La vie était bien plus agréable si on se moquait de soi et des autres. « Catherine, tu tournes tout au sérieux. » Il se tut, plia son journal et s'étendit sur sa serviette. « Il est temps que tu t'en ailles… » Ça, il le marmonna dans sa barbe en se retournant mais nous l'entendîmes tous. Moi je n'avais pas prononcé un mot. Je les laissais se chiffonner au-dessus de nos têtes. C'était sans importance. La mer était si haute que je pouvais la deviner sans redresser la tête. J'avais une seule crainte, que nous dussions quitter nos serviettes pour trouver refuge plus haut sur la plage. La mer, qui toute l'après-midi m'avait paru immobile, lançait ses vagues à nos pieds. L'écume grasse bavait déjà sur le sable fin.

Après un long silence, je demandai à Catherine comment elle avait rencontré François. Elle parla sans me regarder, face à la mer, les genoux remontés contre sa poitrine.

« C'était à l'anniversaire d'une copine. Il était là et puis il connaissait personne. Enfin je veux dire, je sais même pas qui l'avait invité. Il faisait le clown, tu connais ton oncle… Il y en a que ça gênait, pas moi. Ça m'amusait. »

J'aimais apprendre la manière dont nos parents s'étaient vus pour la première fois, à quelle occasion, dans l'appartement de quelle rue… Et passer un jour par hasard devant cette adresse en les rappelant à ce souvenir. Quelle musique écoutaient-ils ? Est-ce qu'ils fumaient, à l'époque, est-ce qu'ils buvaient ? Tous les détails comptaient parce que nos vies en étaient minées. Plus jeunes, nous n'imaginions pas qu'ils avaient eu notre âge, qu'ils avaient flirté, connu d'autres aventures. Comme si trente années de mariage balayaient cela ou l'enterraient. Ces questions, on les posait maintenant car on leur parlait d'homme à homme. L'expérience de la vie nous élevait au même niveau. Pas tout à fait, bien sûr, mais elle offrait le luxe des confidences. Nous avions abandonné notre masque d'enfant et, à leurs yeux, nous étions enfin des femmes et des hommes.

Catherine se leva et conclut : « Bon, mais j'en ai eu des petits copains avant ton oncle. Qu'est-ce tu crois… » Nous nous regardâmes, mes cousins et moi, en souriant. Catherine avait dit cela avec un mélange de malice et de fermeté. En marchant vers l'eau, elle avait, me sembla-t-il, l'appréhension qui précède le dernier bain de mer. Et elle s'en voulait de s'être fâchée plus tôt.

10

Adolescent, il fut un temps où je cassais les verres. Je conférais une allure aristocratique et décadente à ce passe-temps. Casser c'était agir et se prouver qu'on existe. Le verre tenu ferme dans la main, le geste de s'en séparer, cet envol, quelques millièmes de seconde en suspension, et enfin l'éclat de sa rencontre avec le sol, l'éparpillement et la désolation des ruines, leur danger. L'esthétique du verre brisé, le plaisir de la casse, sa gratuité passèrent avec le temps, le sens des responsabilités et le sentiment de culpabilité.

Un soir, au café du port, mon amusement d'alors déclencha une bagarre générale. Le bar fermait et évacuait ses derniers clients. Chaque soir, c'était le même cinéma : les bandes de jeunes papotaient en face du café sur le quai. J'avais fini ma bière d'une traite et jeté mon verre au hasard, d'un mouvement paresseux, sans violence. Il se cassa aux pieds d'un garçon aviné. Il y eut un quiproquo. Un coup partit dans le visage de quelqu'un. La victime n'était pas un des miens. Le garçon s'était trompé de cible et avait fondu sur un groupe qui n'avait rien fait, des loulous qui grillaient leurs clopes assis sur le muret. Je n'avais eu le temps de rien dire et, même si j'avais pu, je ne l'aurais pas fait. L'arbitraire gratuité de mon acte se confondait avec la lâcheté. Une rixe éclata donc à laquelle nous nous mêlâmes aussi. Un cousin qui était arrivé cet été-là avec le bras dans le plâtre surnageait dans la bagarre. Le cafetier nous regardait, accablé. Avec nos histoires, le voisinage appellerait les gendarmes. Il courait le risque d'une fermeture administrative. Je pensais qu'il n'avait qu'à ne pas nous saouler la gueule de bière blonde et nous chasser de sa terrasse comme des chiens errants. La bagarre finit comme finissent ces histoires-là. Les groupes se séparèrent grâce aux filles qui nous tiraient. On s'injuria encore un peu et tout rentra dans l'ordre. Il fut alors temps de regagner les maisons, les poings dans les poches et la cigarette aux lèvres. En partant, j'avais surpris un saisonnier, un étudiant qui bossait au café tous les soirs, plié en deux pour ramasser le verre brisé à la balayette. Je m'étais senti minable et ce fut ma seule punition.

Je me souvenais de cette aventure assis à la terrasse du café devant l'anse où reposaient les bateaux. Sous la murette, sans qu'on la voie, la mer se retirait en bâillant. Les embarcations s'affaissaient. Penchées sur le jusant, elles semblaient décidées à faire la sieste contre l'épaule d'un copain. En face, sur la pointe, la croix en granit se détachait dans le ciel gris-noir du jour qui s'achevait. Le café était animé. Nous étions là quelques-uns. L'agitation n'était pas encore celle du 15 août, mais on s'y rendait doucement. Les propriétaires avaient changé. Maintenant, on pouvait choisir plusieurs bières. Certaines étaient bio et brassées dans la région. Cela n'existait pas avant, ou alors nous ne faisions pas attention ; sans le sou, nous nous rabattions sans réfléchir sur la bière de soif. Maintenant que je gagnais ma vie, je choisissais les meilleures, celles qui ne donnent pas mal au crâne. Sinon je prenais un gin tonic. À l'intérieur, un écran diffusait les premiers matches du championnat de France et nous faisions semblant de nous enthousiasmer. La reprise était trop précoce, le football ne nous intéresserait vraiment qu'en automne, quand il n'y aurait plus le soleil sur la plage et les filles bronzées au café du port. Les tables de cousins et d'amis ne désemplissaient pas. On ajoutait toujours de nouvelles chaises. Il y avait ceux qui sortaient de la crêperie, le ventre gonflé par le froment et les bolées de cidre. Et les jeunes parents qui avaient peiné à coucher leurs enfants ou qui rentraient d'un dîner chez des amis. Ceux-là avançaient sûrs d'eux et parlaient d'une manière définitive. Ils avaient pour eux l'aplomb des procréateurs et la gloire de la jeunesse. On les complimentait sur leurs enfants. Ils méprisaient le badinage et nos histoires sans lendemain. La drague sur sable fin, ils en étaient revenus. Leur union célébrée devant le maire et devant Dieu était adoubée par les familles.

Ce soir-là je regardais les plus jeunes avec une nouvelle curiosité. Au temps de mes vingt ans, lors de mon dernier été à la grande maison, ils étaient encore des gosses qui jouaient à la guerre et se mouchaient dans leur coude. Maintenant ils s'attablaient avec nous. Ils me plaisaient car ils bousculaient nos certitudes. Ils refusaient les voies toutes tracées. Leur immaturité était rafraîchissante, leur sens de la déglingue aussi. Même si le téléphone avait envahi leur vie, ils savaient ce que l'instant présent voulait dire. Aussi, des visages qu'on avait oubliés pendant un an apparaissaient de nouveau. On se racontait nos vies pendant l'année scolaire. Car le mois d'août était notre trêve des confiseurs. Des amis du Sud-Ouest m'avaient raconté les ferias dans lesquelles ils se rendaient autour du 15 août. Elles duraient plusieurs jours et elles avaient la saveur des réveillons. À la fin, en pleurs, ils se souhaitaient la bonne année et se disaient à l'année prochaine. Je trouvais cette tradition belle et vraie. C'est au mois d'août que tout finit et en septembre qu'on recommence.

En allant au comptoir pour commander un verre, je surpris Anne qui payait le sien. Je discutai avec elle, en m'excusant d'abord de ne pas l'avoir fait plus tôt, sur la plage. « Que deviens-tu ? » demanda-t-elle simplement en rangeant ses sous dans son porte-monnaie. La dernière fois que nous nous étions parlé, sans doute n'étions-nous pas encore sortis de l'adolescence. La seule chose que nous avions en commun était cette vie d'été. Ce coin de Finistère cher et familier, nous le partagions. Anne trempa ses lèvres dans la bière en surveillant du coin de l'œil ses petites sœurs. Dans leurs manteaux bleus difformes trouvés au grenier, elles prenaient des airs de femmes en sortant fumer des cigarettes avec leurs copains. Le rouge à lèvres d'Anne détonnait à peine sur sa peau bronzée. Le soir, sous les cirés qui prévenaient la pluie et le froid, la coquetterie de ville revenait, prudente. Mais le maquillage était presque inutile. Le ciel de Bretagne, même sans évident soleil, déposait sur les peaux une couche mate orangée, une teinte ocre. Et ceux qui rentraient d'une croisière dans la baie avaient le torse abîmé et des couleurs d'Indien. Je demandai à Anne si elle serait là pour la fête du port. Bien sûr, me dit-elle. Jamais elle ne partait avant.

Nous sortîmes sur le quai. Elle désigna le môle du doigt tout en allumant une cigarette. Elle dit qu'ils montaient déjà les tentes. En effet, une masse blanchâtre se dressait sous le halo d'un réverbère. Du matériel posé en tas, des bancs pliés, des barrières en acier et des tentes cirées indiquaient qu'on préparait déjà les débits de boisson et les soirs de concert. J'avais l'air bête quand j'accompagnais les fumeurs. Je trouvais stupide qu'on les envoie dehors pour fumer. Pour tenir une conversation et ne pas rester seul, j'étais obligé de sortir dans le froid avec eux. Et de boire une gorgée de bière à chacune de leurs bouffées, à moins de paraître idiot en me tenant là, les mains dans les poches. C'est ce que je fis pourtant en regardant Anne qui fumait. Elle recrachait la fumée sur le côté, la tête droite, les yeux fixés sur moi. Nous évoquâmes ensemble des souvenirs. L'enfance nous rassemblait. La discussion était confortable, nimbée de la certitude du passé, de sa rassurante fixité. Elle était douloureuse à la fois puisque nous ne revivrions plus jamais ça. Mais je ne croyais plus que les souvenirs ressassés étaient du temps perdu. Au contraire, avec Anne et les cousins de mon âge, je tâchais de les rassembler avant qu'ils n'aient tout à fait disparu. Ils me constituaient. Ce qui me plaisait chez Anne, mis à part sa naturelle beauté, ses cheveux blond crème et le grain de sa peau, c'était de retrouver chez elle les petits riens somptueux de ma vie. Elle appartenait à un monde certain, celui des vacances et du mois d'août, de la grande maison. Et de ce pays d'averses et de brumes, de matinées mouillées, je conservais la mémoire des beaux temps. Les ciels étaient toujours bleus dans nos histoires d'enfants.

Anne ne me parla pas d'un compagnon qui l'attendait à Paris, d'un garçon qui devait la rejoindre au cours du mois d'août. Était-ce par pudeur ? Elle parlait encore à la première personne, à un âge où beaucoup ne se conjuguaient plus qu'au pluriel. J'étais navré par ces hommes et ces femmes qui imposaient immédiatement leur couple dans une discussion. Alors sa discrétion me plut. Anne n'exhibait rien d'elle sinon son corps tanné sur la plage chaque après-midi. Cette demi-nudité presque naïve n'était pas de l'exhibition car je crois qu'elle ne le faisait que pour elle. Mais je devinais déjà qu'un jour, dans un août à venir, elle viendrait nous présenter son fiancé. Cet homme, je lui adresserais un sourire mais je le regarderais comme un voleur. En entrant dans sa vie, il condamnerait les étés de liberté que nous avions connus. Il l'enlèverait et rien ne serait plus pareil. Le temps ne passait jamais sans rançon.

Un groupe passa, portant le ciré jaune comme un uniforme. Ils n'étaient pas d'ici. Je souris, pensant qu'on était toujours le Parisien de quelqu'un d'autre. Les habitués du café du port, ouvriers à l'année, joueurs du club de football du bourg, nous regardaient déjà comme des étrangers. Deux mondes cohabitaient qui se serraient rarement la main. Il y avait des provocations et des bagarres, des excès de jalousie. Je venais là depuis ma naissance. J'avais des souvenirs d'un autre siècle et pourtant, j'étais toujours identifié à Paris et sa région. C'était légitime et j'avais abandonné mes complexes. Hélas, la banlieue prospère qui m'avait vu naître ne signifiait rien pour moi ou si peu. Elle était en asphalte et sans mer à l'horizon. On ne faisait rien pousser sur du béton sinon un autre béton. Et je ne reconnaissais déjà plus la ville de mon enfance. De nouveaux immeubles s'élevaient chaque année dans les rues en travaux. Il suffisait de refaire le chemin de l'école pour constater l'étendue des dégâts : la supérette du coin, le vidéoclub, le bureau de poste… Les vieux repères de ma topographie d'écolier s'étaient évanouis. En vingt ans, et ce n'était rien vingt ans, ils avaient tout dégommé. Il y avait aussi cet ancien cinéma années trente au-dessus duquel grand-père et grand-mère avaient vécu alors qu'ils n'étaient encore qu'un jeune couple. On m'avait raconté. Depuis la salle à manger, une petite lucarne donnait sur la salle de spectacle. Grand-mère faisait l'ouvreuse certains soirs et remontait dîner dans la loge. Le cinéma avait déménagé depuis longtemps, mais le bâtiment aux allures de garage art déco comptait pour moi quand il se proposait sur mon trajet. Il était là. Il me rappelait mes grands-parents et, par association d'idées, les vieux westerns que nous montrait grand-père le dimanche après-midi. Un jour, l'ancien cinéma avait été rasé. Les pelleteuses étaient venues et l'avaient abattu en une matinée. À sa place était une dalle de béton, un chantier béant. En quelques heures on me l'avait arraché.

Mais en Bretagne, dans cette terre que j'avais laissée vivre sans moi, qui n'avait pas changé, où de vieux parents se faisaient enterrer, un sentiment beau et douloureux d'appartenance émergeait désormais. Si notre pays est celui où l'on a les plus grands souvenirs, alors j'étais d'ici. Alors j'étais de cette terre entre dunes, champs et bruyères, de cette presqu'île lovée entre deux bras de mer.

*

Anne avait fini sa cigarette. Nous nous promîmes de nous voir à la plage sinon à la fête du port. Elle partit retrouver ses sœurs et moi je rejoignis mes cousins. Le match de football était terminé. Des garçons sortirent sur la terrasse. Ils parlèrent de ce qu'ils venaient de voir, puis de tout à fait autre chose. Il y en avait toujours un pour ne porter qu'un pauvre tee-shirt de marque. Qui buvait sa bière, l'air de rien. Alors que je frissonnais dans mon blouson, je me demandais s'il s'affichait ainsi par provocation.

Je ne comprenais pas qu'on puisse être insensible à l'humidité et au froid. Ou alors j'étais déjà un vieillard. C'est en remarquant ces infimes détails que je sus, au fond, que je m'ennuyais. Boire des coups jusqu'au bout de la nuit ne m'intéressait pas. Ou alors il fallait danser. Ce ne fut pas le cas. On ne dansait jamais au café du port.

Nous rentrâmes à la grande maison en tenant nos vélos à la main. Derrière les portails et les haies d'hortensias, les maisons étaient encore allumées. Des ombres passaient dans les salons. Nous avancions dans le noir comme des voleurs, entre les haies du sentier côtier. Le faisceau de l'île Vierge giflait le ciel. J'avais oublié la joie légère des retours nocturnes à la grande maison, la tête étourdie par l'alcool. Je réapprivoisais le chemin inégal et ses pièges, les trous, la boue et les rochers. Dans le jardin, près de la citerne, la clé serait cachée derrière le pot. Grand-mère serait au lit, les oncles et les tantes aussi. On entendrait le ronflement du frigidaire dans l'arrière-cuisine. Le chat nous regarderait passer sur la pointe des pieds en bâillant. Il y aurait forcément un fou rire dans l'escalier bruyant. On regagnerait nos chambres. Pour réchauffer mes draps frais, je frotterais mes jambes comme on souffle sur des braises. Et, une fois les portes closes, les cousins au lit et les lumières éteintes, la grande maison retrouverait son silence.

11

Un hurlement traversa les pièces de la maison. C'était un matin, après le petit déjeuner. Le ciel était d'un beau bleu d'acier sur la baie et promettait un jour sans vent. L'air stagnant donnait aux bosquets, aux haies et aux arbres une poisseuse lourdeur inhabituelle. Le jardin pesait. Je buvais mon café sur la citerne en tournant les pages d'un vieux magazine. Tous les cris d'enfant se ressemblaient mais je ne fus pas étonné de voir Jean débouler dans la cuisine. Sa mère qui le poursuivait me regarda, l'air accablé, amusée aussi. Elle allait faire ses courses au Leclerc. Jean voulait l'accompagner mais elle avait refusé. Il n'allait pas s'enfermer dans un magasin sous ce grand soleil. Il n'y avait rien à faire là-bas au bourg et les cousins de son âge, une fois qu'ils auraient terminé leurs devoirs de vacances, partiraient pique-niquer sur la plage. Jean vociférait, prétextant qu'elle lui avait promis, qu'il avait lui aussi des courses à faire et que de toute façon elle n'était pas sa mère. « Dis-donc je t'interdis de dire ça, petit père… », répondit ma cousine qui cherchait les sacs de courses dans l'arrière-cuisine. Elle lui dit aussi qu'il se rendait ridicule devant son oncle. Braqué et emmêlé dans son argumentaire, Jean m'avait à peine remarqué. Ses pleurs étaient ponctués de petits hoquets qui nous firent rire. Il s'agaça devant notre complicité. Ce jour-là, il portait un tee-shirt où était dessiné un élégant trois-mâts. Le vieux gréement faisait pâle figure sur ce tee-shirt délavé, taché de terre et de compote. J'étais convaincu de l'avoir déjà vu porté par un de mes frères il y a des années. C'était le mystère de certains vêtements qui traversaient les générations. Ils réapparaissaient sur un torse d'enfant, on se demandait bien comment.

Ma cousine ne céda pas. Elle accomplissait tous ses gestes comme si Jean n'existait pas. Cette indifférence le mettait hors de lui. Il sautillait autour d'elle comme un taon, s'approchait puis repartait en pleurnichant. Elle s'éloigna. Depuis le préau, enfin, Jean regarda la voiture qui manœuvrait. Il tenta crânement sa chance mais sa mère referma le portail blanc derrière elle, devant lui. Quand elle l'embrassa de la main à travers les barreaux, il donna un coup de pied dans le portail. La voiture disparut sur la route et j'eus moi-même un vague à l'âme. Jean se sentait abandonné.

Je comprenais ses envies obsessionnelles de grande surface. Nous avions eu les mêmes. Au cours de ces vacances sans télévision, dans cette maison austère pour un petit garçon qui n'en comprenait pas encore les mystères, le supermarché était une récréation. Le paradis des objets. Les rayons avaient le goût des chips et des bonbons. Par chez nous, chaque entrée de bourg avait sa grande surface. Depuis la plaine, avant le clocher, on déchiffrait dans des ciels gris les lettres aux néons bleus du centre Leclerc. La grande surface signifiait un retour à la civilisation et nous ne distinguions pas le vrai du faux, le bon goût de la vulgarité. Nous abandonnions le caddie des grands pour lire des bandes dessinées sur le carrelage blanc. Le timbre strident des codes-barres et le chahut des passages à la caisse ne nous exaspéraient pas. Au contraire, ces bruits mécaniques et faciles nous rassuraient. Comme la climatisation, les couleurs chimiques, la lumière des congélateurs, les marques familières de glaces et de sucreries. Nous nous laissions enivrer par cette abondance comme Pinocchio et ses amis au Pays des jouets. Sauf que les paquets restaient fermés et n'atterrissaient jamais dans notre caddie. Il était rare que notre mère cédât.

Nous allions une seule fois à la grande surface dans l'été et n'y retournions plus. Cela suffisait. On l'oubliait une fois assouvi le plaisir irrépressible de s'y rendre. Et avec le mois d'août qui passait, le retour au bourg, à la ville, annonçait la rentrée. Les réclames pour les fournitures scolaires tapissaient déjà les murs. À l'entrée du supermarché, des offres exceptionnelles remplaçaient peu à peu les jouets de plage bon marché. Mais c'était inimaginable de songer à la rentrée en plein mois d'août, au bord de la mer. Les cahiers, les classeurs, le cartable et la trousse étaient encore les mots d'une langue étrangère, urbaine et glaciale. Nous ne voulions pas savoir. Et quand un grand cousin sortait du supermarché avec un nouvel agenda qu'il montrait à tout le monde, il introduisait la barbarie des jours de classe dans la grande maison. Il commettait une faute impardonnable. Il violait l'équilibre précaire des derniers jours de vacances.

Si l'on se fiait aux cartes postales rangées dans les tourniquets du Leclerc, on aurait cru qu'il ne pleuvait pas dans le Finistère. Elles promettaient des criques turquoise et blanches, sans varech, des eaux transparentes et des phares colorés. Elles vulgarisaient des traditions que nous n'avions pas connues, les coiffes des vieilles femmes, les costumes traditionnels du Léon. Elles distribuaient des parts moelleuses de gâteau breton. Il n'y avait pas de bimbos en bikini sur ces cartes postales. Nous étions en Bretagne. Ce genre de majorettes n'existait pas sur les plages. Comme si, au pays des pardons et des enclos paroissiaux, on avait gardé jusqu'aux cartes postales une pudibonderie catholique, une raideur paysanne. Seul le folklore était commercialisé, bien loin du stupre méditerranéen. Il n'y avait que les cartes montrant des plages de sable fin qui ne mentaient pas. Nous avions le plus beau sable du monde, je le tenais d'un cousin. C'était un de « MarMar ». Il avait couru le monde à bord des paquebots de la marine marchande, et m'avait dit un jour alors que nous glissions nos doigts de pieds dans le sable : « Tu sais, j'en ai vu des plages dans ma vie. Mais du sable aussi fin, il n'y en a qu'ici… » Je devinai alors que je n'avais rien à envier aux plages granuleuses et brûlantes de Méditerranée.

*

Jean divaguait sur les graviers du jardin. Il murmurait dans son coin. Son visage était tout collant de larmes. Je me surpris alors à jouer le rôle de l'oncle responsable. Je ne lui laissai pas plus de temps pour ruminer son chagrin. Aussitôt, je le sommai d'aller chercher son seau et une épuisette dans le garage, d'enfiler ses bottes. Nous partions pêcher le crabe. Il hésita quelques secondes. Et puis devant cette autorité bienveillante, mon empressement soudain, il courut chercher ses affaires. J'inventai des histoires de marées, je regardai le ciel avec préoccupation. Je simulai de grandes manœuvres. « Petit gars, faut pas qu'on tarde… » Jean manqua de tomber en arrière en mettant ses bottes dans la pénombre du hall d'entrée. Par-dessus son tee-shirt au vieux gréement, il enfila un ciré. Et nous prîmes le chemin de la plage tous les deux. Il accomplissait quatre pas quand j'en faisais un. En regardant ses bottes, et puis les miennes, il me fit remarquer que je marchais trop vite. Je calmai le jeu. De toute façon, j'avais réussi mon coup. Jean ne pensait plus à la grande surface. Nous partions à la pêche aux crabes !

Sur la grève, il me prit la main. Dans son monde à ras du sol, il remarquait des petites choses auxquelles je ne faisais plus attention. Il s'arrêtait, observant des flaques, intrigué par des marques étranges sur le sable, des confettis. C'était la forme mémorisée des vers de sable, lui expliquais-je. Puis il repartait en se retournant, courant sur quelques mètres pour revenir à ma hauteur. La mer s'était retirée si loin qu'il semblait possible de marcher jusqu'aux balises. Nous nous enfonçâmes dans un banc de rochers. Quand j'étais enfant, on en parlait comme d'un repaire de crabes. La pêche débuta. Je soulevais les pierres, découvrant des vases depuis lesquelles déguerpissaient de misérables crabes fantômes, transparents, couleur sable. Je dis à Jean que ceux-là, on ne devait pas y toucher. Ils étaient insignifiants. Ils ne méritaient pas qu'on les capture. Je lui expliquai aussi comment attraper un crabe sans se pincer. Les pauvres bêtes gesticulaient dans le vide. Jean s'inquiéta. Il voulait être sûr qu'on les relâcherait après. J'acquiesçai. « Sauf si on en trouve un assez gros. On le ramènera à grand-mère pour le dîner », lui répondis-je, simulant un appétit que je n'avais pas. Je disais des bêtises qui semblaient le faire réfléchir car il ne répondait pas et se perdait dans ses pensées. Plusieurs fois je dus le porter sur mes épaules car il ne parvenait pas à sauter de rocher en rocher. Il s'enfonçait dans chaque fente et risquait de se blesser. Dans notre dos, la plage s'éloignait et je voyais bien qu'il s'en souciait. Au bout là-bas étaient ses habitudes, ses châteaux de sable. En fouillant les îlots, loin de ses repères, nous élargissions son horizon.

J'étais ému par la confiance que Jean m'accordait. Il me tendait sa main à chaque obstacle, préférant garder son seau où il conservait nos prises. Il tapait des pieds quand on découvrait un nid, tout en jetant un œil bienveillant sur les crabes capturés. Il ne voulait en perdre aucun pour être sûr de les relâcher tous. Il trébuchait sur les rochers. Il glissa sur le varech et il se fit mal je crois, mais ne voulut pas le dire. Son genou saigna. La mer montait et il la regarda comme si une armée nous encerclait. « Tu es sûr qu'il est encore temps ? » me demanda-t-il. On avait dû l'avertir des dangers de la marée, lui raconter l'histoire des idiots qu'on retrouvait piégés sur les îles. L'eau s'emparait paresseusement de nos rochers. Elle s'infiltrait et le ressac, timide, faisait le bruit d'un claquement de langue. « Un dernier crabe Jean ! On ne partira pas tant qu'on n'aura pas un dernier crabe. Au pire on rentrera à la nage. » Il braqua ses yeux paniqués sur moi. Bien sûr, il ne savait pas nager. Je lui dis aussitôt que je plaisantais. Mais il ne s'intéressait plus à la pêche désormais. Le regard apeuré, il constatait l'encerclement de la marée. Nous fîmes demi-tour et nous prîmes un chemin plus long pour rentrer les pieds secs, en regagnant la pointe puis le sentier côtier. Il relâcha ses crabes. Égarées sur le sable, les petites bêtes s'enfuirent d'un drôle de pas de travers. Nous tracions autrefois des lignes de départ et d'arrivée sur le sable, et organisions des courses avec les crabes capturés. Penchés dans nos slips de bain, on hurlait derrière notre poulain. Les perdants étaient tués sur-le-champ.

Jean était déçu de ne pas avoir vu de crabe aussi gros qu'à la pêcherie du port. Les tourteaux, lui dis-je, il fallait aller plus loin en mer pour les voir. On les capturait avec des casiers, comme les homards. Mais il y avait un autre moyen de voir approcher des bêtes de bonne taille, même si l'eau grossissait toujours les formes. Il fallait aller à la cale à marée haute et accrocher une bernique au bout d'un fil. Assis sur le quai, les pieds dans le vide, on pouvait voir les crabes sortir des algues et tourner autour de l'appât avant de s'en emparer dans un grand câlin. On levait très lentement le fil et si, par chance, le crabe ne quittait pas sa bernique, nous le jetions dans notre panier. Jean marchait devant moi sur le sentier étroit. Il tenait toujours son seau vide à la main. Il se retourna avec de grands yeux et dit : « On ira ? »

12

Deux jours de mauvais temps condamnèrent les après-midi de plage. On se réveilla dans l'obscurité des ciels bas et la mer qu'on apercevait à l'étage avait disparu ; on ne distinguait même plus le fond du jardin. La grande maison semblait égarée dans la brume. Par instants, la lavasse fouettait les carreaux du salon. Il y avait une accalmie mais jamais le brouillard ne se dissipa. Les lampes restèrent allumées toute la journée. J'entendais les enfants courir dans les étages. Le parquet craquait, leurs voix fluettes s'aggravaient derrière les murs. L'enfermement les confinait à l'hystérie. Jusqu'à ce que l'un d'eux se fasse mal, qu'on pleure. Et une tante disait que ça devait bien finir comme ça.

Quand il pleuvait, il y avait toujours quelqu'un qui allait à Brest. On remplissait une voiture. Les enfants enthousiastes s'entassaient les uns sur les autres. C'est pourquoi, dans mon souvenir, Brest la grise était une ville sous la pluie. Je ne l'avais visitée que sous le crachin. Les rues se ressemblaient toutes. Des ruisseaux dégoulinaient sur les vitres de la voiture où je suivais des yeux une goutte qui lézardait. Nous inventions des dessins sur la buée. Brest était aussi ce poème de Prévert que nous apprenions à l'école, « *Cette pluie sur la mer / Sur l'arsenal / Sur le bateau d'Ouessant / Oh Barbara…* » Je pensais que certaines villes ne se comprenaient que sous un ciel gris. Et Brest était de celles-là. Attachante, elle avait pour moi une couleur de combat, celle des bâtiments militaires qui mouillaient dans la rade.

Les enfants étaient déposés à la librairie, rue de Siam. On y passait des heures entières à piocher dans le rayon des bandes dessinées. Allongés dans les allées, adossés aux présentoirs et mêlés à d'autres enfants inconnus, nous nous perdions dans nos lectures. Nous ne faisions plus attention à la douce rumeur de la librairie, au va-et-vient des clients attirés par un rayon, aux familles qu'on conseillait. Cela dans l'agitation exceptionnelle des jours de pluie, avec ces parapluies tassés dans les corbeilles à l'entrée de la librairie, l'odeur de l'humidité, de manteaux mouillés et les traces de chaussures dans le hall. À la fin, je ne comprenais jamais qu'on puisse acheter un livre. Puisqu'on nous laissait faire, je pensais qu'il suffisait de le lire sur un fauteuil de la librairie et de le remettre à sa place ensuite. Pendant ce temps-là, dans la zone commerciale, les parents passaient d'une enseigne à l'autre. Ils se garaient sur des parkings et, sitôt les portières refermées, ils couraient pour se mettre à l'abri. Les plus grands allaient rêver devant les planches à voile.

Les soirs de mauvais temps ne changeaient rien à nos habitudes. Autour du 15 août, il était devenu impossible de réserver dans une crêperie. Les restaurants étaient complets. Alors on partageait la soupe avec grand-mère. Elle dînait dans la salle à manger, au bout de la table à droite, toujours, en face de la place occupée naguère par grand-père. Puis elle rangeait ses condiments dans le petit cellier, sa serviette dans le tiroir du buffet. Elle débarrassait avec des gestes lents mais sans hésitation. On lui laissait accomplir de petites tâches. Grand-mère avait besoin de rituels, de faire quelque chose de ses mains comme nous autres, et comme si elle était encore la maîtresse de maison. Cela pouvait être la préparation du thé, mettre la table ou plier un jeu de serviettes. Mais plus elle avançait dans l'âge, plus elle renonçait aux actes.

Après le dîner, un cousin qui rentrait plus tôt que prévu du café du port assura que l'ambiance était bien triste. On s'inquiéta. Si le temps ne changeait pas, alors il n'y aurait aucune raison de faire la fête le 15 août. Les quais seraient déserts, la tente déborderait et on passerait une soirée désagréable. Je ressentais parfois une satisfaction masochiste devant les fêtes gâchées. Un orgueil entretenu depuis l'enfance. Une vengeance contre quoi, contre qui… ? Sans doute était-ce une volonté inconsciente de se faire mal, de se plaindre, de se satisfaire dans le « je vous l'avais bien dit ». C'était un jeu puéril. Mais cet été, la fête du port, je voulais qu'elle ait lieu sous un ciel clair, qu'on distingue les étoiles en allant pisser dans la mer depuis le môle. Que la lune disperse sa couleur cireuse sur l'eau du port. Les nuits de fête étaient trop rares maintenant pour être gâchées.

Les soirs de mauvais temps s'achevaient dans le salon. Les enfants en pyjama jouaient aux cartes, ou bien ils se perdaient les yeux dans une bande dessinée déjà lue cent fois, des albums qui étaient ici depuis toujours et que j'avais feuilletés au même âge. Jean sentait le savon. Il se lovait contre sa mère et finissait par somnoler, les yeux rougis de fatigue. Il se laissait accompagner dans sa chambre sans dire un mot et s'enfonçait dans le sommeil aussitôt dans le lit. Grand-mère aussi finissait par s'endormir. On la remontait dans sa chambre où elle effectuait sa toilette. Personne dans cette famille n'était du soir. Nous tombions tous de fatigue après dix heures. Dans les étages, les lampes s'éteignaient les unes après les autres. Alors nous n'étions plus que quelques-uns au salon, qui levions la tête au sifflement d'une bourrasque contre les carreaux. Les bestioles attirées par la lumière venaient se coller aux fenêtres comme des ventouses. Un papillon de nuit affolé se cognait sous l'abat-jour. Dans la petite cheminée qu'on n'allumait jamais l'été, une pile de journaux attendait les jours froids. Le salon silencieux des soirs de pluie me rappelait la lecture du *Silence de la mer*. Plus jeune, en lisant la nouvelle de Vercors, j'avais imaginé ce face-à-face entre les propriétaires et l'occupant dans le salon de la grande maison. Il y avait ici la même atmosphère de vieux fauteuils, des meubles démodés, une modeste bibliothèque où des livres de poche et des classiques reliés prenaient l'humidité : Balzac, Flaubert,

Chateaubriand, Baudelaire… L'aile de la grande maison orientée à l'est avait été occupée par les Allemands pendant la guerre. Ils allaient du salon à leur chambre, là-haut, par une trappe qui était toujours visible au plafond, au-dessus du bureau de grand-père. Les soldats avaient donc vécu de longs mois dans la pièce où nous lisions avant d'être rappelés un jour sur le front de l'Est. Il n'y avait rien à faire dans le Finistère et je me demandais comment ils avaient occupé leurs journées. Depuis le mur de l'Atlantique, dans les blockhaus aménagés pour leur tour de garde, ils devaient surveiller la mer. L'insubmersible béton était désormais en ruine et le salon de la grande maison était toujours jeune. De leur séjour ici restaient cette trappe qui nous fascinait et le mystère qui hantait les maisons réquisitionnées. L'Histoire que nous apprenions dans les livres d'école s'était invitée dans notre maison de vacances.

*

Au matin du troisième jour, nous nous levâmes sous un ciel bleu. Il y avait même la trace blanche d'un avion au-dessus du jardin. Le vent avait soufflé fort pendant la nuit, faisant grincer les volets. Il avait balayé les nuages gras qui marinaient sur nos têtes. Les cyprès penchés par les vents d'ouest frissonnaient, le jardin de la grande maison bruissait. Les hortensias s'ébrouèrent, débarrassant leurs pétales des eaux qu'ils avaient supportées. Des toiles d'araignée s'étaient tissées dans les haies, elles recouvraient même la pelouse de petits chapiteaux transparents. Les vacanciers cloîtrés dans leurs maisons sortirent enfin. On entendit les premières voitures qui passaient dans un bruit d'éclaboussure. La route de la mer était piquetée de flaques lumineuses. Le parking se remplit devant le mur de l'Atlantique ; des familles sortaient des voitures et comme tout le monde nous reprîmes le chemin de la plage.

13

Cela faisait un moment que personne ne parlait. Au loin, une dizaine de garçons jouaient au volley. On distinguait leurs éclats de voix sur la grève. Et le cri des enfants en brassards qui couraient vers la mer. Un cousin rompit le silence. Accoudé sur sa serviette, il s'adressa à Anne qui venait de refermer un gros roman.

« Moi j'arrive pas à lire sur la plage, je peux pas me concentrer. Alors je ne vais jamais plus loin qu'une ou deux pages. »

Anne se retourna sur sa serviette de bain à la recherche d'une position meilleure. Elle répondit : « C'est pour ça qu'il faut une lecture légère.

— Sans doute, mais l'idée même d'une littérature légère m'énerve. Autant ne rien lire du tout, tu vois.

— C'est du snobisme ça…

— Je crois pas… La lecture demande trop d'efforts pour qu'on se fatigue à lire des livres qui s'oublient tout de suite.

— Tu penses ?

— J'en sais rien. Tout ce que je sais, c'est que la littérature de plage m'ennuie. »

J'avais remarqué qu'Anne disait « tu penses » quand elle n'avait plus envie de parler. C'était sa manière de clore une discussion, ou plutôt de laisser à l'autre le soin de l'achever. De toute façon, mon cousin avait parlé sans conviction. Il regarda au loin et il se rallongea sans dire un mot. Je tournai la tête vers Anne et regardai son livre de plus près. C'était un roman aux pages épaisses et cornées. Il avait pris l'humidité. Sur la couverture colorée, le titre était une phrase alambiquée dont il était trop facile de se moquer. Je ne dis rien et mon regard se perdit sur ses jambes. Mon cousin ne tenait pas en place. Il ne savait pas s'ennuyer. Il passa un coup de fil. D'une voix molle, il parla de la fête à venir et convint d'un rendez-vous. L'attente des premiers jours d'août avait laissé place à l'agitation du 15 août. Les cousins plus jeunes voulaient sortir, voir les filles, boire des coups. Je reconnus chez eux la fièvre qui précédait les soirs de fête, le nœud d'excitation à la poitrine. Et moi aussi j'étais impatient et heureux. Je m'allongeai après avoir regardé Anne. Le visage inerte tourné dans ma direction. Je ne sus si elle me regardait derrière ses lunettes de soleil. Il me sembla pourtant puisque je vis un œil se refermer.

Combien de temps avait passé, je l'ignore, quand une famille bruyante posa ses affaires non loin de nous. Leur installation nous délivra de notre torpeur. Ils n'étaient pas d'ici et on les regarda faire avec méfiance, sans dire un mot.

Bientôt nous entendîmes leurs conversations. Ce qui semblait être une grand-tante parlait aux petits enfants avec une voix fatigante. Anne, qui s'était redressée, ajusta ses lunettes et dit : « Je ne supporte plus ces gens qui parlent aux enfants comme s'ils parlaient à des débiles. Je te jure, faut les entendre…

— C'est pas des adultes non plus.

— Ça n'a rien à voir, soupira Anne en s'adressant à mon cousin. Il y a une différence entre ce qu'on dit et la manière dont on le dit. Ceux-là, ils prennent les enfants pour des cons. Non, pire même, ils les prennent pour des chiens.

— Tu leur parleras comment, toi, à tes enfants ?

— Sûrement pas comme ça. De toute façon je n'aurai pas d'enfants. »

Anne se tut. Elle sembla surprise par sa propre fermeté. Elle hésita et dit : « Enfin je crois pas.

— C'est que t'as pas encore rencontré l'amour de ta vie. »

La remarque du cousin m'étonna. Je n'aimais pas qu'on émette des hypothèses sur l'avenir, qu'on parle d'un mari ou d'une femme, des enfants, comme s'ils étaient une évidence, une étape incontournable de la vie. Comme si tous les hommes étaient bons à trouver une épouse et les femmes à choisir un bien-aimé. Anne se défendit :

« L'amour de ma vie… Tu parles comme dans les années cinquante, toi. Faut que t'évolues. Aujourd'hui on peut vivre comme on veut, ne pas faire d'enfants, ne pas ressembler aux parents.

— Je dis pas… Mais qui s'occupera de toi quand tu seras plus bonne à rien ? Qui viendra te voir ?

— Parce que tu veux faire des enfants pour qu'ils s'occupent de toi un jour ? Quel égoïsme…

— Non mais il faut bien penser à plus tard. Regarde nos parents, dans quinze ans ils seront vieux. Il suffit d'un accident. Et qui s'occupera d'eux sinon nous ? »

Anne lui répondit que les vieux, aujourd'hui, on les mettait dans des maisons de retraite, même s'ils avaient des enfants pour veiller sur eux. Les gens travaillaient, ils s'éparpillaient partout en France et n'avaient plus le temps de s'occuper des autres. « Votre grand-mère, ça te paraît normal qu'elle soit encore là, au milieu de vous. Mais tu sais bien que c'est une exception. »

Mon cousin dit que si elle n'avait pas eu ses enfants autour d'elle, et nous avec, si on l'avait laissée dans un institut, il y a longtemps qu'elle serait morte. C'était la famille qui la maintenait en vie. Il dit encore qu'il n'y avait aucune raison de rester en vie si c'était pour vieillir seul dans son coin, devant un jeu de cartes ou une télévision.

« Oui c'est bien ça. Sans enfants, tu vieilliras seule.

— Oh tu me fatigues à la fin… Je ne me projette pas. Des enfants pour l'instant, j'en veux pas. J'ai d'autres histoires à régler.

— Sans doute…

— Et puis vieillir, c'est regarder les autres mourir et finir seul.

— Mourir, mourir… Et naître aussi ! Pense à combien de petits enfants grand-mère a vus naître.

— Ce n'est pas pareil. Malgré le monde, la famille comme tu dis, je crois qu'on vieillit toujours seul. Oui, on finit seul. Ça j'en suis sûre. »

Anne mit un terme à leur discussion par cette phrase trop grave. Nous n'avions rien à ajouter. Nos pensées se perdirent, chacun, et nous ne fîmes plus attention aux encombrants voisins. Les enfants construisaient leur château de sable et pataugeaient dans le filet d'eau qui coulait sur le jusant. Je reconnus sur mon épaule la tache sournoise d'un coup de soleil. Je la tartinai de crème solaire mais il était trop tard. La douche du soir serait désagréable. Anne n'avait pas ce genre de problème. Sa peau était si mate qu'elle buvait le soleil sans rien rejeter. Elle se recouvrait de crème, elle aussi, de manière régulière. Elle le faisait sans regarder, en faisant autre chose. L'odeur grasse et lourde de la crème solaire se répandait un moment parmi nous et disparaissait.

Une rumeur familière cessa. Le match de volley s'était arrêté et il y eut un attroupement. « Tu vois quelque chose ? » demandai-je à mon cousin qui s'était levé. Nous finîmes par distinguer un corps qui se roulait de douleur sur le sable. Mon cousin fit quelques pas et haussa les épaules ; la victime n'était pas un des nôtres. Un ami lointain, une connaissance de vacances s'était blessée. Le match s'arrêta là. Les joueurs se dispersèrent et on ramena le ballon qui valsa au-dessus de nos têtes. On se plaignit. Un garçon vint dans notre direction et regagna sa serviette. Il parla d'une entorse ou de quelque chose de plus grave. Ils partaient aux urgences à Brest. Lui s'en fichait. Il ne se souciait que de son torse en sueur et invita ceux qui voulaient à prendre un bain de mer. « Fallait bien que ça arrive », dit quelqu'un. D'un corps qui semblait sans vie, affalé sur une serviette, une voix émergea qui dit seulement : « Pour lui c'est sûr maintenant, les vacances sont terminées. » « *Over...* », insista un autre. Les garçons partirent en courant vers la mer. Ils s'ébrouèrent comme des chiens dans l'écume. L'un d'eux nagea seul jusqu'aux bateaux.

Le soir même, au café du port, je vis un jeune homme avec des béquilles, muet devant son verre de bière. Je reconnus le blessé du match de volley. Il avait le regard triste.

14

Le dimanche, enfouis sous les draps, nous repoussions indéfiniment l'heure du réveil. En espérant que les parents nous oublient, nous jouions un pari perdu d'avance. Il faudrait se lever. La messe du dimanche était une tradition familiale. La génération de grand-mère pratiquait par fidélité, celle de nos parents par foi véritable. Nous, nous pratiquions par habitude et pour ne pas les décevoir.

Je n'étais pas rentré trop tard du port la veille. Anne n'était pas venue. Je fus donc debout de bonne heure mais en voyant mes cousins émerger au dernier moment, rejoindre la salle à manger en traînant des pieds, je reconnus le garçon que j'étais à leur âge, levé de force, la tête enfarinée, condamné à subir l'office. La question pourtant ne se posait pas. Nous savions. J'aurais pu les laisser aller à la messe et profiter d'un matin de solitude, jouir de la condition du trentenaire indépendant. Mais je voulais revoir l'église de Saint-Pol. J'y avais des souvenirs. Il fallait aussi jouer le jeu du cercle familial, se soumettre aux rituels de la tribu. Être unis et ne pas laisser un petit, curieux, demander à sa mère pourquoi l'oncle se permettait de sauter la messe du dimanche.

Les lanternons en granit de Saint-Pol se dessinèrent dans le ciel depuis la route qui louvoyait entre les champs de maïs. On distinguait le son lointain des cloches. Dans le temps, les clochers des villages répondaient à ceux du bourg. On entendait le carillon jusqu'à la côte. Des messes, il y en avait dans chacune des trèves de la paroisse et tous les dimanches. Désormais, il n'y avait plus qu'un seul office dominical pour le canton, deux peut-être, en plus de la messe anticipée du samedi soir. Il fallait lire la feuille paroissiale pour se tenir au courant. Ce pays de prêtres en était devenu orphelin. Ce pays de fidèles les voyait disparaître ; ils s'étaient pourtant tassés en foule, les femmes d'un côté, les hommes de l'autre, sur les bancs en bois aujourd'hui clairsemés.

Nous entrâmes au village. Le parvis était vide. Seule une vieille dame cabossée rejoignait le porche en tanguant, un missel sous le bras. La cloche s'était tue. Il fallut trouver une place de stationnement. Le conducteur nous lâcha devant l'église et une tante prit grand-mère par le bras. Nous arrivions toujours en retard à la messe. C'était une habitude. Il fallait rassembler les enfants éparpillés dans la grande maison. Et je ne me souviens pas d'avoir jamais assisté à l'entrée du cortège dans le chœur. Lorsque nous arrivions, le prêtre et les servants de messe étaient en place depuis longtemps. Parfois même, l'assemblée chantait déjà le Kyrie.

Ici, la messe du dimanche avait cessé d'exister pour toute une génération. Un héritage s'était perdu. Il n'y avait plus un adolescent du pays dans les travées et rares étaient les jeunes couples accompagnés de leurs enfants. L'assemblée se composait surtout de femmes aux cheveux blancs. Les plus jeunes étaient de vieux garçons de soixante ans qui se tenaient droit dans leur veste en cuir, visage fermé et mains croisées, les cheveux gominés. Il y avait bien quelques familles, des têtes blondes en ciré qui s'élevaient au-dessus des vieilles dames voûtées. Il s'agissait alors de vacanciers, souvent des familles nombreuses d'officiers de marine qui avaient leur maison secondaire dans la baie. Le catholicisme était mort à Saint-Pol et dans tout le pays du Léon. Ou s'il n'était pas mort, nous assistions à son agonie. L'assemblée ne chantait plus, les lèvres closes barraient des visages muets. Seule la voix discordante du chef de chœur se distinguait par-dessus les notes inégales de l'harmonium. Un prêtre africain célébrait la messe. Le monde avait bien changé, il s'était retourné même, pour que des clercs sénégalais et gabonais viennent évangéliser la vieille terre de Bretagne. Le curé que j'avais connu devait être mort aujourd'hui, de toute évidence, car il fut ordonné prêtre avant le concile. Il portait un appareil auditif et semblait toujours essoufflé. C'était un homme fidèle et doux, qui se préparait lentement dans la sacristie. Je n'avais aucun souvenir de ses sermons. Trop jeune, je m'évadais dans mes pensées quand il parlait au pupitre. La chaire était depuis longtemps désaffectée. Il était un homme ordinaire qui accomplissait son devoir avec docilité.

Ce dimanche matin, sous la voûte bleu céleste de Saint-Pol, j'avais l'âme triste. L'odeur capiteuse de l'encens des fêtes me sembla lointaine. Le sol en grosses pierres était glacial. Avais-je totalement perdu la foi ou bien était-ce l'église qui m'en éloignait ? J'étais devenu paresseux et incapable de m'égarer dans la méditation. Je récitais mes prières sans réfléchir, affligé par l'ennui désolant de l'office, par cette assemblée sénile qui ne chantait pas. On accomplissait le rite comme on abattait sa besogne à l'usine, avec méthode. À quoi cela rimait… Je regardai Jean assis sur son banc, devant moi. Cela m'occupa. Ses pieds parallèles à la latte dépassaient à peine. Il tournait les pages d'un livre d'images. Il supportait sans broncher cette cérémonie bien plus grande que lui sans se douter qu'un jour il trouverait peut-être un sens à ces odeurs, ces statues, ces colonnes en pierre, ces prières ânonnées d'un seul grondement. Et même si ce sens lui paraîtrait absurde, l'église de Saint-Pol lui rappellerait la lointaine religion de son enfance.

*

Pendant la consécration, alors que je versais dans une profonde lassitude, l'harmonium joua l'Ave Maria. Les notes se détachaient si distinctement dans la nef que je voyais sans effort d'imagination les doigts de l'organiste appuyer sur chaque touche. Je n'avais pas entendu cet air depuis bien longtemps mais je le connaissais par cœur. Et sans que j'y prisse garde, il m'enveloppa, me réchauffa. L'affliction qui m'habitait se dispersa. Je ressentis comme un réconfort, une certitude. Une consolation. Elle apparut ce dimanche matin-là avec les notes timides de l'Ave Maria joué par cet instrument démodé, le pauvre harmonium qu'on remplaçait par des synthétiseurs et des guitares. Dans le chœur, le prêtre présentait les offrandes. Il dit « béni soit Dieu maintenant et toujours ». D'une certaine manière, le temps d'un cantique, je venais de me réconcilier avec le petit Jean qui sommeillait en moi, avec l'enfant. Je recollais les morceaux.

À la fin de la messe, on assit l'assemblée pour les annonces paroissiales. La sacristaine donna les horaires des messes, et annonça les funérailles qui seraient célébrées au cours de la semaine. Elle donna le bourg d'origine de chaque défunt : Annick Corre de Lannilis, Jean-Yves Laouen de Ploudalmézeau, Alain Cozien de Lesneven, Chantal Le Guen née Guillou du Folgoët… Ils étaient morts et ils venaient de quelque part. Cette certitude des origines me toucha, moi qui étais incapable de savoir ni de dire d'où j'étais. La récitation des noms donnait l'impression que tous ici les connaissaient. On apprenait la mort d'un ancien camarade de classe à l'église, si on ne l'avait pas déjà lue dans les annonces du journal.

La plupart du temps, le chant de sortie était en langue bretonne. C'était le seul que l'assemblée entonnait d'une voix forte et sûre, de concorde. Je me demandais si cela était une manière d'exprimer une fierté ou si c'était l'expression joyeuse du soulagement à la fin d'un office pénible. Ce jour-là, les voix qui répondaient au tollé des cloches chantaient : « À la foi de nos vieux pères, nous, enfants de Bretagne, serons toujours fidèles. Foi bien-aimée de nos pères, jamais nous ne te renierons. Plutôt mourir ! » Le bedeau avait ouvert grand les portes sur le parvis. Une lumière grise éclaira la nef. Les fidèles se massèrent dans le porche, les autres s'enfuyaient sous les portiques des bas-côtés. En face de l'église, il y avait déjà la queue devant la boulangerie. Les enfants couraient dans les jupes des mères ou jouaient à l'équilibre sur le rebord de la fontaine mitoyenne du cimetière.

Un jour sur ce parvis, un cousin qui était venu à la messe à vélo ne l'avait pas retrouvé en sortant. La bicyclette qu'il avait déposée contre le mur du cimetière s'était volatilisée. Je me souviens des parents inquiets qui tournèrent autour de l'église, et demandèrent à la boulangerie, au café plus loin. Ils niaient l'évidence. On avait volé le vélo pendant la messe. En rentrant ce jour-là, je n'avais pas dit un mot et un silence embarrassant régna dans la voiture. Je n'aurais pas voulu être un adulte. Nous nous demandions, nous les petits, à quoi cela pouvait-il servir d'aller à la messe si c'était pour se faire voler son vélo. Ils pouvaient bien nous expliquer que cela n'avait rien à voir, nous liions forcément la bonne action à la punition, le mérite à l'humiliation. Si l'un de nous se faisait voler sa bicyclette alors qu'il était venu pour prier, cela signifiait peut-être que Dieu n'existait pas. Du moins qu'il s'en fichait. Un doute s'installa. Et ce cousin attristé que les grands consolèrent ne pratiquait plus aujourd'hui, ou seulement pour les fêtes.

Je pris grand-mère par le bras et nous regagnâmes la voiture. « C'était une jolie messe, tu ne trouves pas ? » dit-elle pour dire quelque chose. Je n'ajoutai rien, car expliquer ce que j'avais sur le cœur aurait été trop fatigant. Alors nous marchâmes sans dire un mot. Je songeai que si cela avait un sens, les complaintes de l'harmonium, la nappe d'autel en crépon, la voûte étoilée de Saint-Pol, ses statues en bois verni, aux yeux vides, ses murs lépreux, c'était parce qu'ils me rattachaient au petit garçon que je fus. Je ressentais un attachement profond à ce décor sacré qui prenait la poussière, la mousse et le salpêtre. Pour le reste, une immense fatigue spirituelle me gagnait. J'étais devenu superficiel ou fainéant, les efforts pour aimer et me laisser aimer, c'est-à-dire croire, me semblaient trop durs. C'était comme si j'opposais une résistance involontaire. Les rares expériences spirituelles que je vivais encore se passaient en semaine à l'occasion d'une halte inopinée dans une église déserte de province. À Bar-le-Duc dans la ville haute, à Autun, sous le Christ jaune de Trémalo, à Bonsecours au-dessus de Dieppe ou devant une statue de la Vierge à Clermont-Ferrand. Là, quelque chose se passait ; une grande idée, une chaleur, la confiance. Je lisais les ex-voto et me perdais dans les livres d'intentions de grâce. Dans des mots souvent maladroits je retrouvais mes inquiétudes. L'espérance des désespérés me gagnait. À Saint-Pol ce dimanche, je lus ce message griffonné sur le carnet d'une chapelle latérale :

Salut Seigneur, je sais pas si je suis une bonne personne. Je suis perdu dans ma vie, j'ai que 18 ans mais je gâche la vie de beaucoup de personne. Ma naissance était un problème dans ma famille tu comprend ?! Pardon je suis juste désespérer. Doit je partir ou rester ? Je ne sais plus quoi faire, j'ai honte de moi-même. Toi, Dieu tu est ma dernière chance.

J'espère devenir quelqu'un de mieux grâce à ma relation avec vous Seigneur. Je vous fait confiance pour le reste de ma vie.

15

Les jours qui précédaient le 15 août étaient des jours de foule. Les voitures de vacanciers et les camping-cars sillonnaient la côte sauvage. On croisait des Anglais, des Allemands, des Hollandais. On les identifiait à leur plaque d'immatriculation jaune et à leur peau blanche. La plage se remplissait de visages inconnus. Les enfants jouaient à perdre haleine. S'ajoutait à l'enthousiasme de vouloir tout faire et tout voir, tout vivre, la progression fulgurante de la mer au pied de nos serviettes. Nous guettions les grandes marées dans les soirs lumineux. L'eau frappait les rochers, engloutissait les derniers châteaux de sable. Elle venait lécher le mur de l'Atlantique et certaines nuits de pleine lune on disait qu'elle s'attaquait même à la route. Le spectacle de cette mer en progrès et ses ravages, sa force, me comblaient. Quelque chose s'accomplissait devant moi et en moi. Quand l'océan recouvrait entièrement la baie, les récifs, les parcs à huîtres, toutes ses plaies, faisant tituber les bateaux qui mouillaient, devant la bonace, un mot me venait à l'esprit qui était la genèse.

Il y avait une idée de commencement. En montant et en se retirant, la mer disait : « Aujourd'hui, je recommence. »

Le ciel qui en Bretagne était synonyme d'inquiétude ne nous tourmenta pas cet été-là. Peu. Nous étions chaque jour à la plage. C'était unique. Et parmi nous, nul ne pouvait deviner que la fin du mois d'août nous serait volée. Nous pensions à tout, à la fin de l'été, aux gris de septembre, au retour, à tout sauf au malheur. Gardés du monde derrière le portail de la grande maison, nous nous sentions inatteignables. Aucune tragédie n'aurait su retirer notre bonheur et ses plaisirs. Le malheur nous guettait, pourtant, et nous n'en savions rien.

Les tâches ménagères et les après-midi à la plage rythmaient la journée. Il semblait que nous n'avions le temps de rien faire. Le temps nous filait entre les doigts. Même l'ennui s'écoulait rapidement. Une tante étendait la lessive derrière la maison. Un fil pendait entre deux poteaux. Le vent s'y engouffrait en faisant gonfler les vêtements. Cet endroit, nous n'y passions jamais, et les serviettes et les maillots de bain pouvaient rester plusieurs jours pendus au fil, oubliés, sans qu'on les touchât. Si enfin on y pensait, il était trop tard. La bruine ou la rosée qui tombait avec le soir avaient déjà mouillé le linge et il fallait patienter une nouvelle après-midi. On oubliait encore et cela n'en finissait plus. L'odeur du linge était l'odeur de l'arrière-cuisine. À l'heure de la sieste, on entendait le tambour de la machine et les pas lointains de ceux qui ne savent pas dormir après le repas. Parfois le téléphone sonnait dans la grande maison. Abrutis de sommeil, éparpillés sur des fauteuils, nous ne nous levions pas. Nous laissions le téléphone résonner dans le vide. Cela pouvait être un démarcheur publicitaire ou un cousin qui appelait d'une autre maison. En Bretagne, elles semblaient reliées par un réseau de communication interne, comme si les fils téléphoniques pendaient d'un toit à l'autre. Seulement, en août, les gens devaient savoir qu'il y a des heures où l'on n'appelle pas, où le téléphone est un viol, une intrusion. Il fallait être un inconnu, être stupide ou bien annoncer la naissance d'un enfant, la mort d'un parent pour appeler la grande maison dans l'après-midi. Non, la seule rumeur que nous tolérions dans notre somnolence était le claquement régulier d'une porte et le tambour de la machine à laver dans l'arrière-cuisine.

Le sable était partout. Il était au fond de nos lits, incrusté dans les lattes du parquet, sous les coussins, derrière les meubles, glissé dans les pages des livres. Le sable avait conquis la grande maison. Il l'avait conquise par les pieds des enfants qui rentraient de la plage. Il y avait bien un jet d'eau derrière la citerne pour se laver les jambes avant de monter les marches de la cuisine. Mais lutter contre le sable était un combat perdu d'avance. Renoncer signifiait l'accepter, comme la peau salée qui brûlait quand on se glissait dans le lit le soir. On avait raté le coche pour la douche, passé son tour. On avait oublié. Il était trop tard. Alors on se couchait avec la peau en feu, raide, et d'un geste du pied on rejetait les grains de sable qui traînaient encore au fond du lit. Au cours de ces grandes vacances, je retrouvais le goût de ces petites batailles perdues.

*

Un soir, après le dîner, nous allâmes à une soirée dans une maison des environs. C'était une maison de famille comme la nôtre, qui portait un nom et dont on ne refermait le portail qu'en hiver. On la devinait derrière un talus, à la croisée d'un sentier de randonnée et de la route de la mer. Je la connaissais depuis toujours mais n'y étais jamais entré. Nous avions déjà perdu une heure depuis le début de l'été et même ici tout à l'ouest, la nuit nous surprenait plus tôt. Nous marchâmes le long de la route, dans l'obscurité, et j'aimais passer devant les maisons éclairées, deviner la vie des gens en vacances. Voir ces silhouettes se déplacer chez elles en silence, du canapé à la cuisine, se perdre dans la lumière de leur téléphone. Chaque maison la nuit devenait un tableau. L'après-dîner comptait. C'était une heure indécise, flottante, ponctuée de bâillements. À l'inverse de la plage, il se disait des confidences. L'après-dîner était le temps des secrets. On y parlait des autres. On se confiait. Dans ces maisons que nous longions, invisibles, j'imaginais des scènes de ménage, des ruptures ou des baisers alcoolisés autour d'une table basse.

Nous arrivâmes quand les invités étaient déjà saouls. Des filles dansaient sur de la musique électronique. Je reconnus les sœurs d'Anne, déchaînées, qui tournaient le dos aux garçons. Dans la cuisine, un groupe était assis et devisait autour d'une table pleine de bouteilles. Pour boire, il fallait se servir dans le frigidaire. J'engloutis deux bières en passant d'une pièce à l'autre, saluant des visages à peine connus, des garçons et des filles que je croisais généralement au café du port. Ils étaient plus jeunes ou je me sentais déjà vieux. Nous n'avions pas les mêmes préoccupations. Pour eux, encore, l'été était une parenthèse entre deux années d'études. La semaine en Bretagne, un épisode au cours de leurs vacances d'été. J'aurais bien voulu leur expliquer, dire qu'ils pourraient partir au bout du monde pour leurs études ou par amour, s'enthousiasmer pour des vacances sous de vastes ciels bleus, ils finiraient toujours par rentrer en Bretagne. J'aurais pu leur apprendre ce qu'ils connaissaient déjà. Mais eux vivaient comme moi à leur âge, insouciants et sans calcul. Désormais, je me sentais vivre, je me voyais. À me laisser exister ainsi, je considérais des choses qui pour les autres étaient des évidences. Je pensais aussi que ces soirées étaient sans intérêt mais qu'on y espérait toujours quelque chose. Il valait mieux être ici que dans mon lit. Un jour je regretterais même ces heures perdues au milieu de personnes sans importance. Faire la fête, perdre mon temps, c'était aussi accepter ma propre insignifiance.

Je retrouvai Anne qui fumait une cigarette sur le perron, vêtue d'un pull en laine que nos grands-parents appelaient gilet. Le jardin était plongé dans l'obscurité et j'entendais seulement le bruissement du vent dans les arbres et cette rumeur lointaine qui devait être la mer, ce grondement incessant. D'abord nous ne parlâmes pas. Derrière nous, la jeunesse s'enjaillait. Nous entendions des rires. À peine éclairé par un lampadaire dont le cou dépassait depuis la rue, le jardin opposait sa sérénité au tapage intérieur. Un vent timide froissait les cyprès, brassant une bonne odeur d'humidité, une fraîcheur salée. Nous entendîmes une sonnette et le zézaiement des roues libres d'une petite bande qui descendait vers la plage à bicyclette. Il y eut un rire, aussi, suivi du nouveau tintement des sonnettes. J'aperçus la silhouette d'une fille cramponnée sur le porte-bagages avant que le silence ne revînt. Après cela je dis à Anne :

« À ton avis, pourquoi on se sent si bien ici ? »

Elle écrasa son mégot sur une marche et répondit :

« Il n'y a pas que nous. Tout le monde se sent bien ici, se sent chez soi. Parce qu'on y vient en vacances depuis qu'on est tout petits.

— Oui.

— Alors on n'a que des bons souvenirs. C'est pour ça qu'on se sent en paix. On a toujours connu le bonheur en Bretagne. »

Anne insista. Elle répéta. Personne n'avait de mauvais souvenirs ici, personne. « Je vais te dire, notre seul chagrin est de devoir partir. »

Je lui demandai si elle l'avait toujours su, car moi je ne m'en rendais compte que maintenant. Elle dit que c'était comme si je lui demandais si elle aimait ses sœurs. C'étaient des choses qu'on savait sans avoir besoin de se les dire.

« Si ça te paraît aussi évident, pourquoi tu ne vis pas ici toute l'année ?

— Pour un tas de raisons. Et puis tu vois bien qu'il y a un truc qui change après le 15 août. Rien n'est plus pareil. C'est comme si on nous sommait de partir et de patienter encore un an.

— Je trouve ça terrifiant. Des étés de fête quand t'y penses, il nous en reste une dizaine à passer. Après nos parents seront vraiment vieux, il y aura des belles-familles, des enfants en plus et qui sait… à la mort de grand-mère, la grande maison sera peut-être vendue. Dix étés, tu parles… Il en reste sans doute beaucoup moins. »

Anne hocha la tête. Elle écarta un cheveu qui s'était coincé à la commissure de ses lèvres. Je ne sus si elle partageait mon effroi. Si cela la désespérait. Anne acceptait seulement que les choses aient une fin. Je crois qu'elle avait froid et nous rentrâmes. Et je dis sans savoir si elle m'avait entendu : « J'ai honte des mois d'août que je suis allé passer ailleurs. »

Plus tard je l'observai assise sur un canapé, les jambes croisées. Je regardai ses pieds sanglés dans les sandales. Des pieds secs et salés. Le vernis de ses ongles avait décoloré. Elle dégageait une sensualité incroyable quand elle recroisait ses jambes, laissant son pied suspendu en l'air. La sandale le conservait pauvrement, tranchait avec son jean et l'allure de ville qu'elle reprenait dans les soirs frais. La sandale était sa part d'été dans ses vêtements de tous les jours.

Ils étaient nombreux à danser désormais. Et j'entendis qu'un bain de minuit se préparait. Mes petites considérations sur la vie s'étaient noyées dans le bitter campari et je me surpris à danser au rythme d'une musique que je n'aimais pas. Je croisai Anne dans le couloir et nous nous dîmes des bêtises, dansant à moitié. Elle avait les joues rouges d'avoir trop bu. Son bronzage ne la protégeait plus. Je pris son bras et lui dis :

« Bon et sinon ?

— Sinon quoi ?

— Tu veux pas m'embrasser ? »

Elle me fixa et répondit :

« Non. »

J'eus l'impression de recevoir une gifle. Alors je fis volte-face mais elle m'attrapa par l'épaule. Elle tenait un verre à la main qu'elle surélevait sans s'en rendre compte.

« Tu es fier ! c'est fou l'orgueil.

— C'est un peu humiliant, tu ne trouves pas…

— Tu comprends que ça veut dire pas tout de suite, pas devant les autres. »

Je haussai les épaules. Pour moi, si on voulait vraiment embrasser quelqu'un, on ne s'embarrassait pas de toutes ces considérations. On ne prenait pas rendez-vous pour un baiser. Anne s'en alla en grimaçant. Je n'avais même plus envie de boire. J'avais seulement envie d'elle.

J'abandonnai mes cousins et rentrai à la grande maison seul dans la nuit. J'étais ivre, suffisamment pour profiter du silence et banaliser ce qu'il venait de se passer. Je m'en fichais au fond. J'avais passé l'âge de m'apitoyer. Les déceptions, je ne les ruminais plus. J'aurais pu marcher jusqu'à l'aube sur la route de la mer. Mon pas souple rebondissait sur l'asphalte et je devinais déjà la grande maison qui se détachait derrière les arbres sur ma gauche. Je franchis le portail qui brillait dans le clair de lune. Le ciel explosait d'étoiles qu'on aurait voulu moissonner à l'épuisette. Là-haut, des avions partaient pour l'Amérique sans un bruit.

La maison était comme le corps d'une femme aimée dans la nuit totale ; sans en distinguer l'épiderme, j'en savais tous les contours. Je trouvai la clé cachée derrière le volet et gagnai la cuisine aux odeurs de gratin. La machine mâchouillait la vaisselle du dîner. Le frigidaire ronflait. Sur le four, une heure incorrecte clignotait. Ainsi les objets de toujours assistaient-ils à mon retour nocturne. Ils étaient les témoins de nos secrets, de nos épiphanies. Les objets savaient tout. Le fauteuil de grand-père, le miroir du salon, le billard de poche, la vaisselle de Quimper… Ils nous avaient vus grandir et ils patientaient tout l'hiver en supportant les mois noirs sans visite, sans notre compassion. Rentrer à la grande maison, c'était d'abord leur dire bonjour. Les objets étaient chez eux. Hors saison, nous apprenions certaines années que la maison avait été visitée. Des cambrioleurs avaient cassé une vitre dans l'arrière-cuisine ou dans la chambre du mort. Ils s'étaient introduits dans la grande maison. Ils repartaient toujours les mains vides car il n'y avait rien à voler. Mais l'intrusion de ces étrangers était vécue comme la profanation de ce que nous possédions de plus sacré. Ils piétinaient nos souvenirs. J'imaginais alors que les objets assistaient avec mépris au forfait de ces visiteurs du soir. Si les portemanteaux de l'entrée avaient pu cracher ils l'auraient fait. Et le secrétaire de grand-mère, s'il avait pu tendre son pied pour les faire trébucher il ne se serait pas gêné. Ils savaient de toute façon qu'on ne les embarquerait pas puisque leur seule valeur était dans l'affection que nous leur portions. Ils étaient la grande maison. On volait des bijoux, de l'argent, mais on ne volait pas une maison.

Je montai l'escalier. À l'étage, on dormait blotti dans la poitrine de la grande maison comme Jonas ballotté dans le ventre de sa baleine. Mystère de ces corps à proximité, de ce monde familial à l'arrêt. Un filet de lumière sous une porte me laissa penser qu'une tante insomniaque veillait encore dans sa chemise de nuit, lisant un roman russe. Au fond du couloir du premier étage, passé le vestibule où l'on rangeait les médicaments, grand-mère dormait. Enfant, quand elle nous prenait quelques jours en vacances, j'étais déjà venu chercher une consolation à son chevet. Une crise d'asthme ou un cauchemar m'avaient poussé vers la porte de sa chambre qui grinçait. Grand-père ronflait et ne se réveillait pas ; elle seule se dressait en entendant mes plaintes. Je me demandai désormais à quoi ressemblait son sommeil et quels pouvaient bien être ses rêves. Oui, à quoi songeait-on quand on avait un siècle de vie derrière soi et si peu de temps à vivre ? Les rêves du petit Jean je pouvais me les figurer. Ils devaient ressembler à ses journées de jeux sur la plage, à ses peurs devant un chemin condamné par les ronces, aux joies d'une promenade en bateau à voile. Mais le monde imaginaire de grand-mère m'était inconnu. Elle était si vieille…

Quelques jours plus tôt je l'avais observée lors de sa sieste. Elle tressaillait. Grand-mère sursautait puis son visage cisaillé par les rides se refermait et se relâchait. En réalité, elle avait déjà la couleur des morts, les traits de ceux qu'on enterre. Elle avait toujours froid. Sur son fauteuil, recouverte de couvertures, son sommeil secoué par les hoquets paraissait troublé. Et moi j'avais l'impression de veiller au chevet d'un enfant tourmenté par les mauvais rêves. Les rôles avaient donc bien changé. En tenant la main de grand-mère, c'était moi son petit-fils qui la protégeais désormais. Ma grand-mère centenaire était redevenue une petite fille.

16

Les jours étaient comptés. Nous qui ne faisions jamais plusieurs choses à la fois, nous étions soudainement engagés dans des projets précipités ici ou là. Nous n'étions toujours pas allés dîner à la crêperie, nous n'avions pas encore pris l'apéritif chez des amis. Alors on courait après la montre, ne jouissant plus de rien. Il fallait avoir le temps de « faire » avant que les vacances ne finissent. Moi j'essayais de rester en dehors de l'agitation, de maintenir les après-midi de plage avec les enfants. D'accomplir de façon séparée, c'est-à-dire de ne pas tout mélanger.

Sur la plage, des cousins parlèrent d'une balade à Ouessant. Ils n'étaient pas d'accord.

« Les vacances ici c'est toujours pareil. La maison, la plage et ainsi de suite. On ne connaît même pas le pays. Ouessant depuis le temps qu'on en parle…

— Eh bien vas-y alors, qu'est-ce qui te retient ?

— On loue des vélos, on pique-nique, on fait le tour de l'île. C'est vrai, ça change, non ? »

Quelqu'un dit qu'il l'avait déjà fait et qu'il lui restait le sentiment désagréable d'avoir été un Parisien qu'on fait débarquer en troupeau sur l'île. Cette foule de touristes venait faire de la bicyclette, prenait d'assaut les restaurants et rentrait le soir tombé. « J'ai l'impression d'être pris pour un con dans ce genre d'histoire… En plus je suis malade en mer. J'ai le cœur mal accroché. »

Une tante qui étendait sa serviette répondit que c'était le pire moment pour aller à Ouessant. Elle parla du parking au débarcadère, des réservations et de tout un tas de complications. « Heureusement que vous ne partez pas en vacances dans le Midi, dit une autre. Le monde, vous ne savez pas ce que c'est. »

Ces bavardages ne servaient à rien. Ils n'iraient jamais à Ouessant. Et comme s'il s'agissait d'insister sur la vanité de leur discussion, la plage continuait son manège dans l'indifférence. Une cousine se recouvrait de crème solaire en observant avec minutie la moindre parcelle de peau qu'elle aurait pu oublier. C'était toujours le même cinéma. Elle se levait et effectuait cette danse qui me faisait penser au *Tuca tuca* de Raffaella Carrà. Elle vivait cette expérience personnelle à la vue de tout le monde, recréait une intimité entourée des autres. Elle laissait traîner ses mains sur sa peau jaune. Ses jambes étaient longues et elle vaporisait ses cuisses jusqu'aux doigts de pieds. Nous la regardions fascinés. « Eh oui, soupirait-elle, j'ai pas le choix. Avec ma peau de dalmatien… Et puis les grains de beauté au soleil c'est cancérigène.

— On se demande bien ce qui n'est pas cancérigène…

— La bière pression », gémit une voix étouffée. C'était mon cousin affalé sur sa serviette. Il dit cela comme on rote.

Aussi le long week-end du 15 août commençait-il dans les plaisanteries potaches et la prétention des projets qui n'aboutissent pas.

*

Les enfants étaient un gage de stabilité au milieu de cette agitation, du passage incessant des familles à la grande maison. Ils ne changeaient rien à leurs habitudes. Ils jouaient jusqu'au soir. Une nièce avait appris à nager. Ça y est, elle se débattait seule et sans brassards. Quand elle sortait de l'eau, elle levait un regard fier. Et douée de cette nouvelle qualité, je la vis prendre peu à peu l'ascendant sur le groupe des petits. Une autre apprit à monter sur un vélo et on la voyait tourner autour de la grande maison sans lassitude, les yeux écarquillés sur sa machine tremblante. Les enfants franchissaient chaque été une étape importante de la vie.

Il y avait aussi une étrange tradition familiale qui comptait : la séparation du jouet en peluche. Un jour, les parents jugeaient que nous étions assez grands pour vivre sans notre peluche. Ils décidaient que ce support affectif devait disparaître ; on le jetait à la mer. Le souvenir de mon lancer de peluche était intact. Je devais avoir six ans. Nous étions partis en voiture avec mon père vers le phare de l'île Vierge et nous nous étions arrêtés en route sur un pont gris, triste à mourir, qui surplombait l'Aber-Wrac'h. L'adieu s'était fait là, au bord d'une route départementale. Feuille morte, la peluche était venue mourir dans l'eau fangeuse d'un bras de mer. J'avais ensuite choisi un shérif en Playmobil dans un rayon du Leclerc et je n'avais plus jamais dormi avec une peluche de toute ma vie. L'autorité se délitant, cette cérémonie déchirante avait périclité – combien d'enfants avaient abandonné leur peluche sans qu'on y pensât pour eux – mais je ne fus pas surpris d'apprendre, la veille du 15 août, que Jean allait bientôt subir ce supplice. Un groupe se forma devant la citerne de la grande maison, qui voulait assister au jet de la peluche du pauvre Jean. Il y avait ses parents, ses cousins et des curieux. Je les accompagnais. La séparation devait se dérouler sur la pointe.

Nous empruntâmes le chemin côtier. Dans le cortège vibrionnaient les petits en maillot de bain, pieds nus ou dans leurs sandales en plastique. Ils cancanaient, essayaient de toucher le jouet de leur cousin avant qu'il ne disparût. La mère de Jean le tenait par l'épaule. Il marchait à l'avant du groupe avec la dignité d'un condamné à mort. La tête haute, il tenait fermement sa peluche dans la main droite. Jean semblait bien décidé à ne pas flancher. Il s'efforçait de banaliser et je l'entendis murmurer à une de ses cousines : « Ça me fait rien à moi. » Des randonneurs nous regardèrent stupéfaits. Le sentier étant étroit, ils se mirent dans la fougère pour laisser passer la procession. Nous avancions, graves et possédés. Je pensai en les voyant que les familles avaient leurs secrets, leurs manies, des codes que l'extérieur ne pouvait pas comprendre. Notre indifférence au jugement des autres était aristocratique.

À la pointe, les enfants s'éparpillèrent sur les rochers, surveillés par les adultes. La marée était haute. Les vagues ricochaient sur les brisants, l'eau claquait sous nos pieds. On laissa Jean et sa mère s'avancer au plus près. Ils se tenaient par la main. Il y eut un silence ou bien le vent dispersa les cris des enfants. Une petite-nièce accrochée à son rocher serrait sa peluche contre sa poitrine et assistait au spectacle muette et terrifiée. Jean se retourna vers nous, témoins de son premier grand abandon. Puis nous ne vîmes plus que sa nuque blonde. Et sans lâcher la main de sa mère, il jeta son jouet dans la mer. La peluche s'écrasa sur l'eau et resta là, ballottée par les vagues, à quelques mètres de Jean. Il ne la quitta pas des yeux tandis que le courant l'emportait avec une lenteur déchirante. C'était comme dans la comptine, *bateau sur l'eau, la rivière, la rivière…* : on aurait pu imiter sa fuite d'un geste de la main. Jean se blottit contre la jupe de sa mère. Elle lui glissa quelques mots à l'oreille et il la serra plus fort. Ils étaient magnifiques tous les deux sur leur rocher. « Bravo Jean ! » lança quelqu'un, et nous reprîmes tous « Bravo Jean ! Bravo Jean ! » en applaudissant. Je devinai qu'il était fier.

Ce fut ensuite la retraite. On sauta d'un rocher à l'autre comme des chamois. Il y eut des mains tendues, on trébucha en riant. Depuis la pointe en contre-haut, on ne voyait plus la peluche et je dis avec le plus grand sérieux à ma cousine mais en m'adressant à Jean : « Et voilà, dans quelques jours elle sera en Amérique… » Elle hocha la tête. C'était une certitude. Il ne fallait pas que Jean crût que son doudou était mort. Et en marchant, je lui racontai que des gens qui avaient glissé un message dans une bouteille à la mer avaient un jour trouvé une réponse dans leur boîte aux lettres. Une réponse dans une langue étrangère avec le nom d'une plage au bout du monde. Jean était petit mais il était en âge de comprendre qu'il y a des choses qui ne meurent pas et vivent plusieurs fois. Plus tard, en revisitant les souvenirs de cet été passé à la grande maison, en essayant de chercher des indices, de comprendre, je me rappellerais son regard grave sur la pointe. Jean se doutait de quelque chose et nous ne savions rien.

17

Il y eut une régate au cours de l'après-midi. Les bateaux concouraient dans la baie. Cette course sans suspense et qu'on prenait à la rigolade lançait les festivités du 15 août. Cela n'empêchait jamais certains de s'affronter sérieusement. Ils partaient de la plage du port, devaient contourner les balises à l'entrée du chenal et rentrer. Les voiles dépareillées semblaient immobiles au milieu de la baie et les skippers qu'on devinait à l'arrière des embarcations faisaient figure de petits bonshommes factices. La régate m'ennuyait. Ce n'était pas mon monde. Je voulais cependant emmener Jean avec moi pour voir les bateaux depuis le quai. Mais il avait passé une nuit terrible, me dit sa mère. Jean avait été secoué par de violents maux de tête. Ce matin il allait mieux mais il se rendormait souvent, il paraissait épuisé. Avant de partir, je le croisai dans le salon tout étourdi, les yeux vitreux et un biscuit effrité dans le creux de la main. Jean était étrange. Il avait des expressions d'adulte.

Sur le port, les rues étaient condamnées à la circulation. Les gens déambulaient le nez en l'air. J'entendis au loin la fanfare qui me devançait sur le quai. Il y avait les familles en promenade du dimanche après-midi et un prudent air de fête. Nous, nous ne venions que le soir à l'heure où les enfants partent, quand les bandes de jeunes sortent pour boire et danser au bal populaire. Avant cela, il n'y avait rien à faire ni personne à croiser sur le quai. Mais en passant devant le café, j'aperçus un ami de la famille que nous connaissions tous. Il était assis sur un tabouret du comptoir et buvait. Alain était un ostréiculteur du pays. Il ne travaillait pas pour les viviers reconnus des abers. Il avait créé sa propre affaire en héritant de quelques ares d'élevage derrière les îles. Ses clients, il les avait démarchés en Italie où il avait vécu avec une femme autrefois. Il menait une vie impossible entre les abers et la Ligurie, cultivant et livrant lui-même ses coquillages. On disait qu'il avait des enfants quelque part en Italie mais il n'avait jamais pris le temps d'aller les reconnaître. Nous avions tous travaillé sur ses parcs un jour ou l'autre pour un peu d'argent de poche. Il recrutait du jour au lendemain pour une durée indéterminée et il payait au noir. Alain était l'instabilité même ; plus nous grandissions et moins nous lui faisions confiance.

J'entrai dans le bar. Je cherchais un peu de compagnie, des camarades de fête, de ceux qu'on peut quitter sur-le-champ sans qu'ils vous reprochent quoi que ce soit. Les gens de la nuit étaient bien commodes. Ils ne jugeaient pas, ils ne faisaient pas d'histoires. Ils ne pensaient qu'à eux, au fond. Je saluai Alain qui me reconnut. Il me proposa tout de suite du boulot, comme si j'étais encore l'adolescent d'autrefois. Je me moquai et lui dis que, si on ne crachait jamais sur un billet, je gagnais ma vie désormais. Qu'il fasse donc travailler les plus jeunes, et qu'il les paie correctement. Le nez dans son verre, Alain se plaignit que les jeunes n'embauchaient plus, qu'ils n'étaient plus capables d'accomplir des tâches aussi pénibles. Même les petits gars de Brest préféraient dealer de temps à autre pour payer leurs vacances. Alain était accompagné de ses deux commis, des retraités du coin qui arrondissaient leur rente en se brisant le dos sur les parcs. Ils portaient des casquettes et buvaient du whisky.

À cinquante ans passés, Alain vivait encore chez sa mère. Absent, il partageait rarement son repas avec la vieille dame et se nourrissait de gâteaux industriels et de sandwichs isocèles entre deux récoltes. Alain vivait sans carte bleue, il payait en liquide et ne déclarait rien. Il menait une vie de contrebandier et cela finirait bien par se savoir un jour. Mais l'équilibre précaire de ses combines tenait alors il continuait. Alain n'était pas fataliste. Il n'était pas amer. Il agissait, flairait les coups, il s'arrangeait. Il y en avait pour rire de lui dans la région, mais ceux-là n'avaient qu'à se lever au milieu de la nuit pour semer dans le froid et l'obscurité, à basse mer. Alain s'arrangeait certes, il trafiquait, mais il bossait comme un chien. Il vivait au jour le jour et prenait des décisions impulsives. L'almanach des marées était le rythme de sa vie. On le voyait s'engager sur la route de la mer avec son tracteur épuisé, tassé sur le volant dans sa salopette cirée. Il avait le corps cassé, le dos martyrisé et une paire de jambes fines comme les pattes d'un héron. Il sentait toujours le coquillage et portait de vieilles affaires sales et durcies par la vase et l'eau de mer.

La bière coulait timidement au café. Il était encore tôt. On passait de la musique irlandaise, étouffée par la rumeur des gens et des activités qu'on menait sur les quais. Les sauveteurs en mer faisaient des démonstrations. Un hélicoptère valsait dans un bruit de mitraillette au-dessus de la baie. Je demandai à Alain quand est-ce qu'il repartait en Italie. Il répondit qu'il irait peut-être demain, ou la semaine prochaine. Ça dépendait. Tout dépendait. « Pourquoi, dit-il, tu veux que je te dépose quelque part ? Tu veux venir en Italie ? » Je déclinai d'un geste de la main et souris. Alain goinfrait de palettes son camion abîmé par les chocs, rouillé, dévoré par l'embrun. Il le remplissait jusqu'à ce qu'il s'affaisse. Et il prenait la voie express puis l'autoroute pour livrer ses clients de l'autre côté des Alpes. Son itinéraire nous semblait abstrait, tellement lointain. Lui, il avait fini par banaliser cette route qu'il avait tracée mille fois. Alain avait mis l'Italie à sa portée. Une journée et une nuit de route ne l'effrayaient pas. Je crois même qu'il s'en fichait. Au volant de son camion, au moins, il n'y avait personne pour le contrarier. Il déchargeait sa cargaison à l'arrière des restaurants. De la vase bretonne dégorgeait sur le pavé d'un autre pays. Dans les matins blêmes de la plaine du Pô, les phares de son fourgon réveillaient des villages assoupis.

De fait, Alain était une promesse d'Italie dans notre coin de Bretagne. Il lui était arrivé plusieurs fois d'embarquer un frère ou un cousin. La discussion le tenait éveillé. Il se giflait pour ne pas dormir, buvait le café au thermos et ne s'arrêtait que pour faire le plein. La possibilité de l'Italie ne tenait à rien, à l'appel d'un client ou d'un fournisseur. Pour lui, ce n'était qu'une clé à glisser dans le contact du camion. Il pouvait décider la veille pour le lendemain. Et des cousins qui jouaient vingt-quatre heures plus tôt au volley sur la plage se retrouvèrent dans les Alpes ou en Ligurie sur un coup de tête. Alain les laissait avec leur sac à dos devant un restaurant ou au-dessus d'une bretelle d'autoroute. Puis il reprenait la route avec des yeux possédés. J'avais de la sympathie pour lui mais je savais qu'il était de ceux qu'il vaut mieux ne pas trop connaître pour continuer à les aimer.

Le temps passa en compagnie d'Alain et de ses ouvriers. La régate avait dû se terminer puisque nous vîmes des types remonter du matériel depuis la plage où le départ avait été donné. La lumière de fin de journée n'était déjà plus la même qu'au début du mois d'août. On basculait. Le ciel était moins aveuglant, le soleil semblait lointain. Il frappait moins fort déjà, il s'échappait. La fraîcheur tomberait chaque soir un peu plus tôt. Il était devenu impossible de prendre place au comptoir. Le café s'était peuplé. La bière montait à la tête et la faim me noua le ventre. Alain, qui ne s'était même pas levé pour pisser, proposa d'aller manger une saucisse-frites sous les tentes. Je les suivis en sachant que je retrouverais du monde là-bas. Nos chemins se sépareraient à la tombée de la nuit, éparpillés par l'ivresse et la musique de l'orchestre. Alain et ses amis, je les connaissais. Ils reluqueraient les filles du bourg sans rien faire, accoudés à la buvette. « Le problème ici, c'est qu'elles sont fidèles », avait dit l'un d'eux au café en blaguant à peine. Ils rentreraient se coucher seuls en disparaissant sans prévenir.

Les cloches carillonnèrent. Au même moment, plus haut dans le village, le pardon du 15 août s'achevait devant la chapelle Saint-Michel. Le curé de la paroisse marchait à la tête de la procession. La troménie rassemblait les derniers dévots, les amis du presbytère, des élus et certains vacanciers qui visitaient la région. Nous y avions traîné nos pieds plus jeunes pour faire plaisir à un oncle. Je me souviens d'une après-midi de lassitude dans la brume avec mes cousins. Nous étions les seuls jeunes gens égarés au milieu de ce cortège sénile. Pour cette raison, nous avions figuré sur une photo rapportée dans le journal, la semaine qui suivit, mais aucun de nous ne revint plus jamais marcher au pardon. Même nos parents abandonnèrent. La coupure de journal fut punaisée par notre grand-mère sur le tableau en liège de la cuisine.

Des statuettes de saints en bois polychrome s'élevaient sur des mâts tendus par les fidèles. Elles représentaient les figures vénérables du pays : saint Fiacre, saint Éloi, saint Claude, saint Yves, sainte Marguerite et bien d'autres.

Curieux, je quittai Alain pour un temps. En m'éloignant du port, je devinai au loin la procession qui s'était arrêtée autour de la chapelle en forme de croix. Les pèlerins s'éparpillèrent sur la pelouse ceinte par un muret en granit. Les chants hésitants qui se dispersaient sur la grève s'étaient tus pour le sermon du prêtre. Le pardon des petits saints datait, disait-on, des épidémies de peste. Pour conjurer la maladie, on invoquait les cieux. Désormais, la procession sillonnait les hauts lieux de la vie de saint Michel, un missionnaire du pays. Une chapelle avait été bâtie à l'endroit supposé de son ancien ermitage, un tas de rochers où il se réfugia avant de partir en missions. Il était surnommé ici « ar belek fol », le prêtre fou. Au XVIIe siècle, il passa sa vie à évangéliser, non pas dans le Nouveau Monde mais ici dans son pays, en Finistère et sur les îles du Ponant, à Ouessant et Molène. Avant Michel, les saints débarqués d'Angleterre dans des coquilles de noix s'étaient épuisés à christianiser cette terre superstitieuse et païenne. Il en était resté des chapelles éparpillées sur la côte, dans le bocage, sur les plateaux, et des calvaires semés à la croisée des chemins.

J'étais monté au-dessus du port pour regarder. Les statuettes en bois se dressaient sur leur piquet dans le contre-jour, tendues par des hommes fiers. Un servant de messe tenait l'évangéliaire, un autre le micro crépitant, et les paroles du curé étaient dispersées par le vent. Plus bas, sur le môle, la vie continuait. L'orchestre jouait sous le chapiteau. On se pressait aux moules-frites. Les fûts dégorgeaient, on dispersait la bière dans les gobelets. Je restai seul un moment, sur les hauteurs, avant de regagner la fête.

*

Ce soir-là, je vivais la dernière soirée de l'année avec la plupart des amis d'été. Ceux qui dansaient déjà sous l'orchestre, les autres qui, comme moi, restaient assis devant leur verre, je ne les croiserais plus avant que l'été recommence. Pour beaucoup, la fête du port était une manière d'achèvement, la fin des vacances d'août, la dernière lune aux abers. Au cours de la semaine, dès le lendemain pour certains, ils partiraient terminer leurs congés sur d'autres plages ou ils rentreraient à la ville pour travailler. Le temps passait si vite, l'humeur changeait à ce point qu'une fois fait sa nuit en ville on rangeait déjà les vacances de Bretagne parmi les vieux souvenirs. Les départs étaient abominables mais je disais toujours que la tristesse des adieux, il fallait dormir dessus. Le sommeil écrasait le cafard et balayait les regrets. Le jour d'après, on se levait comme un autre homme.

Moi, je ne pouvais profiter d'un moment de fête, et boire et rigoler, sans songer en même temps que cela finirait. Pour cette raison, je versais dans l'excès qui est de ne jamais vouloir s'arrêter, de se servir un verre après l'autre, de sauter sur toutes les occasions, de danser jusqu'à la dernière chanson. Je m'épuisais dans l'espérance d'une nouvelle surprise. Mais en vérité, pour ne pas être déçu, il aurait fallu quitter la fête quand elle battait son plein. S'enfuir avec les meilleurs souvenirs quand tout le monde est encore là. Plus loin dans la nuit, il n'y avait que la déception des départs, du monde en moins, des volontés usées. Et l'on terminait au petit matin à trois ou quatre sur un canapé avec la mort dans l'âme.

Sur les longues tables en bois, la bière et le cidre avaient remplacé les plateaux repas. Les discussions allaient bon train sous le chapiteau. Il fallait crier maintenant pour se faire entendre. Les propos intelligents devinrent impossibles, et cela ne risquait pas d'arriver avec ces bandes de cousins avinés, rompus aux blagues et qui ne pensaient qu'à danser. Cela me plaisait d'être en soirée comme à la plage, de ne plus avoir à tenir une discussion sérieuse. Il n'y avait plus d'effort à faire sinon de fomenter une nouvelle blague. À cette heure-là, je m'éloignais des garçons et des filles trop graves, ceux qui ne savent pas rester légers et s'embourbent dans des conversations vaines et entendues. Leur manque de simplicité était un excès d'amour-propre. Ils étaient dans l'incapacité d'être ridicules et gais, croyant qu'on les jugerait même sur leur pas de danse alors que tout le monde s'en fichait. Ceux qui ne savaient pas danser se rattrapaient en faisant les clowns et personne ne s'en moquait. Nous étions entre nous, une bande de cousins et d'amis qui se comptaient par dizaines. Et on se précipitait dans la nuit sans risque puisqu'il y avait toujours un visage familier à nos côtés.

Le chapiteau se vida après vingt-trois heures sans que nous nous en rendions compte. On avait même arrêté la musique alors que nous commandions de nouvelles bières à la buvette. J'y croisai les sœurs d'Anne qui me regardèrent avec des yeux complices. Elles devaient savoir pour l'autre soir mais elles ne dirent rien. Une lumière jaune éclaboussait la tente et quand survint la première détonation, un cousin hurla, les yeux injectés de sang : « Le feu d'artifice, de Dieu ! Le feu d'artifice ! » Je regardai autour de moi. Les bancs s'étaient clairsemés. Sur l'estrade, les musiciens accordaient leurs instruments. Les lumières rouges et vertes ne tournaient plus sur la piste abandonnée. Les stroboscopes demeuraient en berne. Les filles haussèrent les épaules en signe d'indifférence mais je quittai la tente avec un groupe et nous nous frayâmes un chemin dans la foule pour assister au spectacle depuis le môle. Les familles regardaient le ciel avec les enfants au premier rang. La baie s'illuminait à chaque déflagration et, dans la nuit, les choses reprenaient forme le temps d'une fusée lumineuse : les bateaux qui mouillaient, la proue dans la même direction, la croix sur la pointe, les rochers impassibles, la plage déserte. La baie replongeait dans l'obscurité totale avant qu'une pluie d'or ne la ressuscite. On entendait des rires entre les détonations et certains réclamèrent le silence comme si nous étions au théâtre. J'entendis aussi des Anglais, sans doute des croisiéristes en escale. S'ils s'attardaient cette nuit à la buvette, ils trouveraient toujours un de mes cousins pour leur offrir une bière et parler de rugby avec un accent impossible. Il y eut une nouvelle clameur et on se tut devant les girandoles qui s'épuisaient dans le ciel en sifflant.

Au même moment, de l'autre côté de la baie, Jean et ses petits cousins en pyjama devaient assister au feu d'artifice depuis le jardin de la grande maison. À moins qu'on ne les ait conduits de l'autre côté de la route, sur le chemin côtier. Ainsi nous regardions le ciel ensemble d'un bout à l'autre de la baie. Sûrement pas avec le même émerveillement, mais pour Jean comme pour moi, les chandelles romaines et les feux de Bengale illuminaient la nuit. Un quart de siècle plus tôt, j'avais été à sa place, accompagné par de jeunes adultes qui étaient maintenant ses grands-parents. Sans alcool pour me tenir éveillé et sans même savoir qu'il y avait une fête sur le port. Là-bas, derrière la pointe, Jean répétait ce que j'avais fait à son âge. Il guettait le ciel dans l'attente d'une nouvelle lumière, patienterait jusqu'à l'ultime détonation, repoussant ainsi l'heure du coucher. Petit, je m'inquiétais auprès d'un adulte, je voulais être sûr que le bouquet final avait bien été tiré et que nous ne manquions pas une seule fusée. J'espérais toujours que cela reprenne, que nous assistions à un faux bouquet final. Déjà je ne supportais pas que les choses finissent. Et lorsque les lampes de poche des artificiers s'allumaient sur la lande et clignotaient, cela signifiait que le spectacle était terminé. Qu'il n'y avait plus une seule mèche à allumer. Nous applaudissions sans que personne ne nous entende et, en pyjama dans la nuit fraîche, nous retrouvions la grande maison. Le feu d'artifice du 15 août avait été tiré et cela voulait dire que l'été était accompli. Qu'il vieillissait. Quelques jours encore et il finirait par se consumer.

Nous regagnâmes le chapiteau dans un joyeux remue-ménage. Maintenant les enfants iraient au lit et il ne resterait plus que les fêtards pour boire et danser. À la buvette, je retombai sur Alain. Il me paya un verre en se plaignant qu'on dépensât autant d'argent pour des pétards alors que les temps étaient durs. Il dit que c'était de l'argent foutu en l'air. Alors qu'il sortait une liasse de billets de son jean, je lui répondis que pour raconter de telles bêtises il avait dû oublier qu'un jour il avait été un enfant. Ou bien il n'avait pas regardé autour de lui les yeux brillants des gosses qui assistaient muets au spectacle. Alain, on ne lui connaissait pas d'enfants ou alors il ne s'en était jamais occupé. C'était pour cette raison qu'il parlait ainsi. Je lui dis encore qu'il était un pauvre rabat-joie. Il me tapa amicalement sur l'épaule, l'air de dire « laisse tomber » ou « sans rancune », et nous trinquâmes. Mais je le quittai en récriminant, contrarié par son amertume. Elle gâchait mon innocence. Le nez dans ma bière, en slalomant dans la foule pour retrouver les amis, je maudis ceux qui se plaignaient des dépenses inutiles de la municipalité. Ils ne comprendraient donc jamais que le feu d'artifice n'était pas un luxe. C'était un spectacle dont tout le monde jouissait, jeunes et vieux, petits et grands, et qui nous unissait. Et puisque l'argent des impôts servait à bétonner les villages et faire disparaître nos souvenirs, je préférais qu'on le dépensât dans des plaisirs de gosse.

La musique n'avait jamais changé au bal populaire depuis le temps. Quand l'orchestre laissait la place au disc-jockey, celui-ci passait des tubes des années quatre-vingt, à peine chahutés par les dernières sorties à la mode. C'était le seul moyen de faire danser tout le monde. Nos parents ne s'étaient jamais lassés de la musique de leur jeunesse et je savais que pour les maintenir debout, il fallait leur faire écouter les chansons qu'ils connaissaient par cœur. Comme s'il arrivait un âge où l'on ne veut plus faire l'effort de découvrir, où l'on se contente de ce que l'on sait, de ce que l'on aime déjà. Sur le port, la fête était toujours la même, avec ces drôles de tubes ringards et ce menu moules-frites indéboulonnable. Cette certitude plaisait à notre tribu ; la fête serait comme l'an passé et comme il y a dix ans.

Des oncles et des tantes faisaient leur apparition sous le chapiteau. Ils avaient dîné dans les maisons et venaient finir la soirée avec nous. Nous les invitions à danser et, la bière aidant, nous leur disions ce que nous avions sur le cœur et qu'il était impossible de dire dans le tourbillon de la journée. Ce soir-là, j'eus une discussion avec un oncle sur l'avenir de la grande maison. Car il fut le premier à m'interroger vraiment sur mon retour après tant d'années. Il dit quelque chose comme : « Alors cet endroit t'intéresse encore ? » ou « Tu nous fais enfin l'honneur d'une visite ? ». Et je le pris mal parce que cela sonnait juste. Il me provoquait et il avait raison. Il me parlait en tenant son verre, la main droite dans la poche de son blouson et les yeux égarés dans la fête.

Il se penchait chaque fois pour que je puisse l'entendre. L'avenir de la maison était en suspens, dit-il. On ne savait pas encore si on pourrait la reprendre à la mort de grand-mère. Il y avait tellement d'entretien, et on se demandait si cela valait la peine de dépenser tout cet argent pour n'y passer, au fond, qu'un mois d'été. Il fallait qu'ils en discutent tous ensemble mais il reprocha le fait que, dans cette famille, on jouissait de la vie sans prévoir. On ne savait pas choisir, taper du poing sur la table. On se laissait vivre. Enfin… Nous nous aimions, dit-il encore, et c'était le plus important. « Une famille qui s'aime ne prend pas de mauvaises décisions. » Je lui répondis avec le cœur, prétextant que c'étaient nos souvenirs qui étaient en jeu, notre passé, l'histoire de la famille. Et pas n'importe laquelle, l'histoire de nos étés au bord de la mer. « Ces choses-là, il faut les dire. Il faut que tu dises à tes parents que la maison compte pour vous. On ne peut pas deviner… Et on ne sauvera pas une maison pour des enfants qui n'y passent pas leurs vacances. Toi tu disparais, et tu as tes raisons sans doute, je ne te juge pas. Mais tu ne peux pas revenir et nous reprocher quoi que ce soit. »

Je lui dis que je ne reprochais rien à personne et que si je n'avais pas passé tous ces étés loin d'ici, je n'aurais peut-être pas pris conscience de l'urgence. Mais il avait raison. Il fallait dire les choses. Et il en était de la grande maison comme de ceux qu'on chérit, elle avait besoin qu'on lui dise haut et fort qu'on l'aime, qu'on ne peut pas vivre sans elle. L'oncle sourit : « Simplement, fais attention… Il ne faut pas dire trop tard à quelqu'un qu'on l'aime. » C'était un homme marié depuis trente ans qui parlait. Jusqu'alors, j'avais passé ma vie à veiller à ne pas le dire trop tôt. Le vent tournait.

Un cousin en sueur m'attrapa par le col et je fus poussé dans la ronde des danseurs, replongé dans l'haleine rance des fonds de verre et l'âcreté du canon à fumée. Le plancher collait déjà, recouvert de bière depuis le début de soirée. Je reconnus la nuque blonde d'Anne quelques rangs devant moi. J'avais deviné qu'elle arriverait après tout le monde. Elle plaisantait avec ses sœurs et une de mes jeunes cousines qui faisaient tourner en bourriques les garçons du volley. Anne, je décidai de l'ignorer toute la soirée mais au fond je ne la quittai pas des yeux. Nous nous dîmes quelques mots sur le chemin de la discothèque, au milieu des autres. Sans nous saluer, comme si nous avions passé la fête ensemble. Le bal populaire finissait à une heure et nous n'avions pas encore notre compte. On s'éparpilla en bandes avinées sur le quai. Certains épuisaient les derniers fûts mais il n'y avait plus rien à boire à la buvette. Ils fermaient la caisse et la musique avait laissé place au bourdonnement des générateurs électriques. La piste de danse était abandonnée comme un champ après la bataille. On aurait presque pu y ramasser un corps.

La boîte de nuit se trouvait à une vingtaine de minutes de marche, au bord de la route départementale. C'était convenu. Nous finissions toujours le bal populaire affalés sur les banquettes en léopard, un verre d'alcool fort à la main. Nous partîmes en tenant nos vélos à la main. D'autres passaient en zigzaguant avec une fille en équilibre sur le guidon. Une voiture partit en trombe et on se dit que celle-ci ne tarderait pas à croiser les gendarmes sur sa route. Ils se postaient au rond-point, juste au-dessus du port, et cueillaient les véhicules qui remontaient la côte en direction du bourg. Désormais il ne se disait plus rien de sensé. C'étaient des discussions d'ivrognes, des décisions à court terme. Mis à part quelques bonnes blagues, il ne resterait plus rien de tout ça le lendemain matin. Nous vivions dans la superficialité de l'instant, une heure où l'on ne reprochait rien à personne, où des visages disparaissaient sans qu'on s'en rende compte, où l'on envoyait des messages inutiles, des « t'es où ? » sans réponse. Voilà ce que devrait toujours être l'été à la mer entre amis. Rien d'autre que ça : des moments. Et la tendresse sans lendemain qui tienne.

« Salut ma belle », dit l'ouvreuse, une femme fardée sans âge, quand Anne s'approcha. Elles se connaissaient depuis le temps. Nous franchîmes les portes de la discothèque aux faux airs de salle des fêtes et, à l'intérieur, nous retrouvâmes tous les danseurs du bal. Nouvelles embrassades. Les joues des filles luisaient et les chemises des garçons leur collaient la peau. Je retrouvai un cousin en train de flamber au bar et qui m'intima d'attraper un verre débordant de glaçons. Puis j'allai me perdre sur la piste de danse où les jeunes du bourg habillés en tee-shirt de marque se confondaient aux vacanciers en espadrilles. Une lumière cathodique se réfléchissait sur les vêtements blancs et la musique électronique des années deux mille agitait le bocal. Sur un podium, les petites sœurs d'Anne en débardeur, verre d'une main et téléphone de l'autre, aguichaient encore certains garçons du volley. L'un d'eux sourit, dévoilant un appareil dentaire qui brilla sous un sunlight. « Il n'a aucune chance », me glissa Anne à l'oreille. Elle était derrière moi et je ne l'avais pas remarquée. Je lui dis que je la trouvais cruelle. Elle me répondit que c'était le jeu. Un homme au crâne rasé s'approcha des filles : les consommations étaient interdites sur la piste de danse. Il fallait boire ou bien danser mais personne ne voulait choisir.

Une bagarre éclata autour d'une table, sur une banquette. Je reconnus le visage ensanglanté d'un cousin. On lui avait ouvert l'arcade sourcilière. Une masse fondit sur les responsables. Il me sembla que tout cela se passait sans bruit, étouffé par la musique, les ombres et les lumières. Un videur s'interposa et remit un peu d'ordre. Je vis un garçon qu'on précipitait à l'extérieur de la boîte avec son manteau, des filles hystériques tête contre tête et un cousin bourré au milieu. Il ne servait à rien et finit par serrer un inconnu dans ses bras. Il avait de l'affection à revendre mais on le tira et il revint à lui. Les habitués déclenchaient souvent une bagarre qui finissait en insultes aux Parisiens. Tout ce qui n'était pas d'ici était parisien. C'était un raccourci mais nous avions aussi les nôtres et combien d'abrutis de la ville se montraient condescendants, méprisants envers ceux qui vivaient là à l'année. Anne en connaissait certains et je la vis s'expliquer avec l'un d'eux près du bar.

Elle se fit même offrir un verre et revint vers nous en haussant les sourcils, sans un mot, le nez dans sa vodka.

Nous nous dîmes des banalités, critiquant les gens, jetant des œillades en direction de ses sœurs, amusés. Nous parlions presque front contre front sous des lumières violettes et vertes. Je ne sus comment cela se passa mais nous nous embrassâmes de la manière la plus naturelle du monde. Ce fut elle qui choisit et je me laissai faire. C'était bien comme ça. Pas de cérémonie. J'avais toujours pensé qu'il n'y avait rien de plus insignifiant qu'un premier baiser, que les plus beaux baisers, au contraire, étaient ceux qui ressemblaient à tous les autres. Ceux de l'habitude. Les premières fois ne m'intéressaient pas. C'était redécouvrir que j'aimais. En amour, dans tout.

*

On rentra chez Anne sur nos vélos. La route était déserte. Nous redescendîmes vers les plages et l'on n'entendait plus que le frottement de ma roue voilée contre le garde-boue. Anne pédalait devant. Ses cheveux tenaient en chignon et cette petite boule dorée en équilibre me guidait dans l'obscurité. Autour de nous, les maisons en pierre semées le long de la route abritaient des vacanciers assoupis. On devina un kayak dans un jardin, un catamaran devant un garage. Un chien aboya mollement. Au loin toujours, je percevais cette rumeur, ce bruit de fond qui était la mer et le vent réunis.

En pénétrant dans la maison elle me dit de ne pas faire de bruit et au premier objet sur lequel je trébuchai elle dit qu'après tout on s'en fichait. Qu'elle ramenait qui elle voulait dans sa chambre. « Et moi, je suis celui que tu veux ? » lui demandai-je. Elle ne répondit pas et s'engagea dans l'escalier. Nous marchions pieds nus.

Comme chez nous, à la grande maison, sa chambre était vide. Sans décoration, sans artifices. Il y avait une table, une chaise blanches, et la valise éventrée au pied du lit, des affaires dispersées un peu partout, un chargeur de téléphone branché à une prise et un livre d'Annie Ernaux sur la table de nuit. Anne me laissa là et disparut quelques minutes. Je m'allongeai sur le lit et j'attendis qu'elle revînt, jambes croisées, les yeux au plafond. Le clair de lune diffusait sa lumière de plâtre par la fenêtre. Anne ne fermerait pas les volets. J'étais heureux car en paix. Je vivais une réconciliation, songeant qu'ils devenaient si rares ces instants où l'on se sent en accord avec soi-même et plus qu'avec soi-même, avec l'extérieur, le monde. Avec les autres. Ici, j'acceptais de vivre sans résignation ni révolte.

J'entendis le bruit de l'eau quand elle passe dans un tuyau. Et le grincement du parquet, des pas feutrés. Anne referma la porte derrière elle. Elle revint sur le lit, sur moi et l'on ne parla plus. L'obscurité m'avait toujours poussé au chuchotement. Je baissais la voix naturellement et je ne comprenais pas qu'on parlât fort en pleine nuit. Nous n'échangeâmes pas un mot. Il me sembla même que nous n'avions plus rien dit depuis la discothèque. Anne eut seulement le temps de m'annoncer qu'elle profiterait d'une voiture pour rentrer en ville le lendemain soir. Cela signifiait que nous ne nous reverrions pas avant l'année prochaine.

Nous fîmes l'amour en silence. Il restait sur ses oreilles du sel de son dernier bain de mer.

18

Les maisons se vidèrent. En quelques jours seulement, après le 15 août, il ne resta plus que les enfants et leurs grands-parents. Des cousins et des cousines disparurent d'un seul coup ; ils avaient pris le train à Brest ou un covoiturage vers le sud. Après les fêtes, nous vivions dans la débandade. Les jeunes parents rentraient travailler, les étudiants s'en allaient vers de nouvelles vacances, commençaient un stage ou un travail en alternance. On avait démonté les tentes sur le port et replié les tables et les bancs. Des fourgons avaient tout ramassé. Comme un cirque qui poursuit son itinérance et va vers une autre ville, une autre place, un autre parking de supermarché, le dématage s'accomplissait sans qu'on s'en aperçoive. On ne s'attardait pas. La fête était finie et les bennes regorgeaient d'ordures sur le quai. Des hommes orange balayaient les derniers bris de verre sous les yeux des bistrotiers fatigués qui touillaient leur café sur le pas des portes. Ceux-là avaient fait leurs comptes. Ils avaient vidé la caisse. On ramassait l'été en billets de banque ou à la balayette.

Dans l'air aussi quelque chose avait changé. On ressentait une fraîcheur nouvelle, encore plus de ciel pour respirer et l'urgence de profiter de tout une dernière fois. Par chez nous justement, les ciels étaient immenses. Même par temps gris, ils donnaient l'impression d'envelopper le pays. Ils le couvaient jusqu'à faire fondre l'horizon. Dans les plaines, derrière les champs de maïs, par-delà les talus, le ciel remplissait chaque espace vide de ses nuages lourds qui passaient en filant.

D'une certaine manière, l'automne avait déjà commencé. Il avait commencé par des bruits. Car il y a des bruits d'automne, comme ce froissement du vent dans les arbres qui annonce les bourrasques de l'arrière-saison ou le fouet plus gras de la pluie contre les carreaux. Dans les sous-bois, les flaques d'eau ne séchaient plus. Les tilleuls du jardin avaient une manière différente d'incliner la tête, de se laisser caresser. Nous étions entrés dans un autre été. Les averses devinrent plus fréquentes et la campagne, à chaque nouveau grain, n'en sortait pas indemne. Bientôt elles changeraient sa couleur, elles trafiqueraient le feuillage et les hortensias bleu barbeau et rose pâle, en roussissant, prendraient des couleurs de cimetière. On les couperait au sécateur pour les déposer sur des pierres tombales le jour des morts.

Des emplacements se libéraient dans les campings de la presqu'île et même à la crêperie, bientôt, il ne fut plus nécessaire de réserver. On s'y présentait les mains dans les poches. Nous vivions dans le sentiment grave que quelque chose nous était peu à peu dérobé. L'été nous filait entre les doigts. Pour se consoler nous avions le spectacle des grandes marées. Quelques jours encore et ce serait la pleine lune. Alors la mer la nuit ressemblerait à ces lacs noirs qu'on rencontre dans les pays du Nord et sur la bonace se réfléchiraient les lumières du phare et des balises. Je vivais en sursis, sans billet retour mais sachant bien que moi non plus je n'avais plus rien à faire ici. La ville m'attendait et tous ses plaisirs. Il fallait aussi savoir en jouir avant septembre, quand les cafés ont rouvert, que certains amis sont rentrés mais que le monde se tient encore à distance. La dernière quinzaine d'août était le temps de la confusion, des jours en suspension. La jouissance laissait la place aux résolutions, le désordre à l'organisation. Certains savaient jouir des plaisirs sans penser à leur fin et ils étaient les plus gais. Aussi les derniers jours d'été révélaient-ils deux sortes d'hommes. Ceux qui vivaient sans jamais songer à la mort et ceux qui y pensaient sans arrêt.

Dans ce chambardement, les bassines de draps portées à la lessive, les chambres livrées aux courants d'air, les valises dans l'entrée, les courses des enfants et les portières qui claquaient dans la cour, sous ce ciel changeant, il n'y avait que la grand-mère qui opposait sa fixité. Pour elle, les jours étaient les mêmes. On la recouvrait avec un plaid quand elle sortait devant la cuisine à l'heure du thé. Mais elle se laissait bercer au rythme des départs sans y prendre garde, sans en faire cas. Et lorsque nous l'embrassions chaque matin, chaque soir avant sa nuit, elle disait « Au revoir mes petits chats » ou « Bonne nuit mes petits chats ». Grand-mère ne savait plus nos noms mais nous serions toujours ses petits chats.

Sur la table de la salle à manger, une belle-sœur préparait la rentrée avec sa fille. Elles déchiffraient la liste des fournitures scolaires. La mère supprimait le matériel au stylo en disant « Tu en as déjà un », sous les réprobations de sa fille qui répondait qu'il fallait racheter. Nous avions tous été pareils, poussant nos parents à l'achat, réclamant une nouvelle paire de tennis pour le cours de sport et une trousse convenable. Elles iraient au Leclerc et diraient en rentrant avec les sacs de courses : Voilà une bonne chose de faite.

*

Un jour, à l'heure de la sieste, je découvris un post-it sur la table de la cuisine, à côté d'un bol de thé oublié. Il n'était même pas signé, comme s'il s'agissait d'une évidence. Une tante avait écrit : *Je suis à la plage.* Cet anonymat feint voulait aussi dire : qu'on me fiche la paix. Plus de lessives, plus de cuisine, plus de gosses. Qu'on me laisse profiter. La grande maison ressemblait à un navire sans capitaine. On la laissait dériver seule. On ne s'en occupait plus beaucoup. Je passai devant une chambre à l'étage et ressentis un violent coup au cœur. La pièce avait été désertée par des cousins qui finissaient leurs vacances le matin même. La porte était grande ouverte sur le couloir et une fenêtre laissait passer un filet d'air. On avait retiré les draps, les taies d'oreillers. Une serviette gisait au pied du lit. Il n'y avait plus un savon, ni crème ni shampoing, rien, aucun produit de maquillage posé sur le lavabo de la petite salle de bains attenante. La chambre paraissait abandonnée. Seules les taches de dentifrice sur le miroir et un rasoir usagé trahissaient un passage récent. Le matelas portait encore les marques des corps qui s'étaient endormis et réveillés ici pendant des semaines. Le lit était un vieux ridé tout nu. Il exhibait sa chair. Il grelottait. Cette chambre, je savais bien qu'on ne la referait plus cette année. Elle n'accueillerait pas de nouveaux occupants avant l'été suivant. Et j'assistais au désastre comme un voyageur immobile qui, sur le quai d'une gare de province, vient d'assister au passage d'un train sans arrêt. Voilà. Les moments passés ensemble rappelaient ce train qui s'enfuit à toute vitesse et fait trembler les quais avant de laisser derrière lui des étincelles, un courant d'air tiède, le souvenir d'un grand fracas. Le spectacle de cette chambre vide m'effraya, son silence. Ce jour-là, je compris que quelque chose était fini. Tout à fait fini. Que les vacances, on devait les vivre avec ses amis, sa famille. Lorsque tout le monde est rentré alors il faut s'en aller aussi.

Pendant ce temps-là, les enfants étaient livrés à eux-mêmes. Il n'était plus question de devoirs de vacances le matin après le petit déjeuner et je les voyais descendre les escaliers en sautant, débouler en trombe dans le salon et s'approprier des zones réservées aux adultes qui les avaient abandonnées. La maison supportait des ondes contraires, passant du silence royal de l'après-repas à la tornade des heures de goûter et des bains des enfants. Après dix heures du soir, elle retrouvait son calme.

Les enfants s'ennuyaient et, dans l'ennui, ils devenaient cruels. Les vacances étaient trop longues pour eux. On ne parvenait plus à les occuper. Des semaines de temps libre, une éternité, en avaient fait des petits adultes. Ils avaient eu le temps de bâtir une société parallèle régie par leur propre droit. Ils mettaient les limites où bon leur semblait. Ce fut en allant étendre ma dernière lessive sur le fil à linge, derrière la maison, que j'entendis les gémissements d'un oiseau, un bruit d'ailes froissées et des chuchotements. Il faisait lourd cette après-midi-là. Le vent était tombé. Le fond de l'air était humide comme à l'approche d'un orage. Je laissai ma bassine et m'approchai du « four » ; dans le jardin, un petit terrain ensablé ceint par des haies. On l'appelait le four car dans cet espace clos, protégé du vent, il régnait une chaleur inhabituelle, presque tropicale. Une tante jadis y dépliait son transat et bronzait en lisant ses magazines, revenant en fin d'après-midi à la maison avec la peau brûlée. Le four, on le devinait au fond du jardin mais on ne s'y rendait jamais. Je reconnus les voix des enfants. Il y avait mes neveux, Jean était parmi eux, et derrière la haie j'assistai à leur petit trafic. Ils avaient mis la main sur une mouette blessée. L'animal clopinait dans leurs jambes. Il cherchait à s'enfuir mais un enfant lui donnait un coup de pied avant de s'écarter. Un autre le frappait avec un bâton. L'oiseau gémissait quelques secondes puis il se résignait. Il levait son bec en l'air comme pour réclamer de l'aide. Tentant de déployer ses ailes, il fut remis au sol par l'épuisette d'un garçon. Ils parlaient à voix basse, murmurant comme des voleurs. La mouette capturée se débattait. Prise au piège du filet, elle gesticulait, remuait son bec dans tous les sens. Un enfant brûla une allumette et mis le feu à du papier journal. Il patienta, les mains en creux, et lorsque la flamme lui parut suffisamment vive, il s'approcha et tenta de mettre le feu à l'extrémité d'une aile. L'animal se rebella. Il lâchait ses dernières forces et la flamme mourut dans l'exaspération des garçons. Il y eut des reproches puis ils s'écartèrent et, en arc de cercle, à distance, ils laissèrent l'oiseau approcher. Une patte était atrophiée, la mouette retombait à chaque pas. Misérable, pathétique, elle cherchait à fuir mais chaque fois un enfant s'interposait et lui barrait la route. Ses plaintes étaient sans conviction. Les cris retombaient, incapables d'atteindre le ciel. Enfin, boitillante, la paralytique finit par se coucher et rabaissant sa nuque elle glissa le bec dans ses plumes. Son regard exorbité, débile, se noircit. Elle semblait fermer les paupières. Elle avait résisté mais ne tenait plus. Ne chercha plus à fuir. Elle abdiquait.

Dans son forfait, la bande demeurait silencieuse. Il y eut un conciliabule. On se concertait. Je les avais espionnés sans songer à mettre fin au supplice qu'ils infligeaient à l'oiseau. Je n'étais pas leur père. Ils apprenaient. Et il fallait bien qu'explose la cruauté pour que naisse aussi la tendresse. Qu'ils s'égarent, commettent le mal pour savoir le prix de la bienveillance. Moi aussi, à leur âge, j'avais tiré la queue des chats en serrant les dents, écrasé des gendarmes débonnaires, lancé des crabes sur les rochers et fendu en deux les pauvres lézards acagnardés.

Cependant une tante avait traversé la pelouse sans que je m'en aperçoive et elle entra avant moi dans le four, surgissant au milieu du groupe comme une tornade. Elle éparpilla les enfants et s'écria : « Vous n'avez pas honte ? Mais vous n'avez pas honte ? Laissez cette pauvre bête tranquille… » Jetant l'épuisette au diable, dispersant les enfants, elle leur demanda d'où venait la mouette. L'un d'eux répondit qu'ils l'avaient trouvée au fond du jardin et qu'elle ne parvenait plus à s'envoler. « Alors vous vous attaquez à un oiseau blessé ? Regardez ce que vous êtes… Quatre garçons qui martyrisent une pauvre mouette estropiée ! Petits lâches ! Allez, filez. Filez et que je ne vous revoie plus. Vous serez punis les garçons, je vous préviens. Allez ouste ! » Les enfants détalèrent comme une meute de chiens errants. Ils disparurent derrière une haie d'hortensias. La tante resta seule, interdite devant le spectacle de cet oiseau à l'agonie. Elle jura – et qu'est-ce qu'on allait en faire maintenant ? –, tourna autour de la mouette, se baissa puis se releva difficilement. Elle fit demi-tour et regagna la grande maison d'un pas franc.

*

En rentrant de la plage en fin d'après-midi, j'aperçus Jean, accroupi, la salopette verte tachée de boue, les bras couverts de bobos, qui tendait un morceau de pain à la mouette. Je m'approchai et finis par lui demander ce qui leur avait pris de battre un oiseau. D'abord il ne répondit pas. Puis il marmonna le début d'une justification que je dus lui faire répéter : « Nous avons vengé Alceste. » Alceste était le chat d'une voisine. Il était borgne et on racontait qu'une mouette était descendue à toute vitesse sur la pauvre bête et lui avait percé l'œil d'un coup de bec. Je dis à Jean que les animaux n'avaient pas besoin qu'on les venge. Ils vivaient très bien sans nous, ils se débrouillaient seuls et ne connaissaient pas la rancune. Et puis… et puis la vengeance ne réparait pas. Elle était l'honneur des idiots. En plus, Alceste ne le saurait jamais. Les goélands continueraient de voler au-dessus de lui, menaçants, à le narguer, et avant de se jeter sur le reste d'un repas, Alceste devrait toujours veiller à ce qu'on ne lui transperçât pas le seul œil qu'il lui restait. Jean m'écouta sans dire un mot. Il demeurait dans cette position élastique qu'on n'atteint plus passé un certain âge. Pelotonné sur lui-même, les joues sales posées sur ses genoux écorchés. Il avait le regard grave. Il se tourna vers moi et me dévisagea en silence. Enfin il me demanda pourquoi je semblais triste. Sa question m'étonna. Je restai muet un long moment et je m'entendis répondre que j'étais désolé que l'été finisse. D'une voix limpide que je ne lui connaissais pas, d'une seule haleine, il répondit qu'il n'aimait pas l'été et qu'il préférait l'hiver, quand on le laissait jouer à l'intérieur et qu'il y avait classe le lendemain. Au moins, il voyait ses copains et allait au judo. Il attendait la rentrée parce que cette fois-ci, il le savait, on lui apprendrait à lire. Je lui dis qu'il avait raison. Des joies, il y en avait aussi en hiver. Mais la supériorité de l'été, sa grande beauté, on ne s'en rendait compte qu'en grandissant. Il était trop petit. Un jour, il comprendrait.

En retraçant le fil des événements quelques semaines plus tard, en exhumant les souvenirs d'été, les aventures avec Jean, je pris conscience qu'il y avait déjà dans ses yeux une inquiétude inhabituelle. Il y avait en lui quelque chose que nous ne connaissions pas, comme une intuition de ce qui devait arriver. Jean avait six ans et déjà l'expérience d'un vieillard. Avant le dîner, dans son pyjama, les cheveux peignés et la nuque exhalant l'odeur du savon, il revint voir l'animal. L'oiseau était dans la même position, niché dans le sable terreux du four qui avait refroidi avec le soir. Le soleil en déclin ne caressait plus cette partie du jardin. Il faisait frais ; c'était l'heure du chandail. On aurait pu penser que la mouette dormait. Mais ses yeux noirs restaient grands ouverts et on devinait qu'elle respirait par saccades. Elle n'était pas morte mais elle mourait.

Le lendemain je me réveillai de bonne heure. En descendant dans le jardin trempé par la rosée, je découvris la mouette éventrée au milieu du four. Les plumes éparpillées sur le sable moite, le bec à la renverse. Un renard était venu la dévorer dans la nuit. Je pris une pelle sous l'appentis, parmi les outils de l'oncle François, et je jetai l'oiseau plus loin dans un taillis. Au petit déjeuner, le nez dans son bol, assis sur le bottin qui le surélevait à peine,

Jean avait le visage qui brillait. À ses cousins qui sortaient du lit et entraient dans la salle à manger en bâillant, Jean dit qu'il était allé voir. La mouette avait guéri dans la nuit, elle s'était envolée et il était même certain de l'avoir vue planer et gémir au-dessus du jardin. Ses cousins haussèrent les épaules et on fit griller les tartines. Jean ne sut jamais la vérité.

19

Vinrent le jour du départ et l'heure du dernier bain de mer. Dans le matin frais, je me forçai à descendre sur la plage afin de n'être soumis à aucun regret. J'anticipais la sensation déconcertante de retrouver Paris avec la peau tirée par le sel. C'était un luxe inestimable de dire aux autres ou à soi-même, une fois rentré en ville : ce matin encore, je me baignais dans l'océan.

Je croisai sur la plage un oncle célibataire qui passait la majeure partie de l'année en Bretagne depuis qu'il avait pris sa retraite. Quand je lui dis que je me plongeais dans l'eau pour la dernière fois de la saison, il sourit et répondit qu'il avait travaillé dur toute sa vie pour que son dernier bain n'arrivât pas aussi tôt. Il était de ces fêlés qui repoussent l'échéance à la Toussaint, font comme si de rien n'était et se jettent à l'eau le 1er janvier dans les éclats de rire. En été, il se baignait matin et soir, à marée haute, et il ne s'éternisait pas sur la plage. Il nous saluait de loin en traversant la grève, avançait dans l'eau jusqu'à ce qu'elle lui arrivât à la taille, s'y déposait sans éclaboussures et nageait jusqu'à la cale. Alors on l'oubliait. Et lorsqu'il réapparaissait les muscles raidis, les yeux abîmés par le sel et le soleil, il venait dire bonjour, attrapait sa serviette posée sur un rocher, à l'écart, s'essuyait en restant debout et finissait par s'éclipser depuis les rochers jusqu'au sentier côtier. Il ne savait pas s'ennuyer. Fier aussi, exigeant envers lui-même, pire envers les autres, il devait penser que s'étendre sur une serviette était une occupation de fainéant. Que ce n'était même pas une occupation d'ailleurs mais une attitude décadente. Le matin cependant, quand la plage était déserte, il prenait son temps. Pendant qu'il se séchait, j'étudiai son corps étique, imberbe sur lequel de rares poils blancs semblaient égarés. Son slip de bain serrait une taille menue et des quadriceps saillants taillaient ses cuisses au couteau. Il cultivait sa forme physique, vivait dehors et ne se laissait plus embêter par quiconque. Parfois l'existence devait être triste seul ici en Bretagne mais il n'en parlait jamais. Il se souciait plutôt de son bout de jardin, des mesures prises par la municipalité pour lutter contre les algues vertes et des bisbilles entre voisins. En partant, nous nous dîmes à l'année prochaine. Ce fut prononcé sur le ton d'une plaisanterie mais c'était sans doute vrai. Je regagnai la grande maison la chair tremblante. L'eau salée piquait mes mollets et je tournai définitivement le dos à la mer. Je ne pris pas de douche. Le dernier bain de mer ne se rinçait pas à l'eau douce.

« Tiens, à qui est cette valise… ? » s'étonna une tante débordée en considérant mon bagage déposé dans le hall d'entrée. En me voyant descendre l'escalier elle ajouta sans surprise : « Ah oui, c'est vrai que tu pars aujourd'hui. » On quittait la grande maison comme on l'avait trouvée quelques semaines plus tôt, dans une relative indifférence et avec l'impression d'abandonner la scène d'un théâtre. Mon rôle était fini.

Sur la table de la salle à manger, au milieu du petit déjeuner à peine débarrassé, du beurre demi-sel qui mollissait et des bols de chocolat au lait lapés à moitié, on organisait une chasse au trésor. Après l'affaire de la mouette, il avait été décidé qu'on occuperait les enfants lassés des après-midi à la plage. La table en toile cirée était recouverte de morceaux de papier, de feutres, d'enveloppes éventrées, de cartes IGN. Les enfants en robe de chambre s'étalaient dans le papier. Ils piaillaient. Certains suivaient consciencieusement les indications des adultes, d'autres rêvaient en dessinant des cercles. Je les saluai à la cantonade sans qu'ils fissent attention à moi. J'eus à peine le temps d'embrasser Jean sur le front en le croisant dans un couloir. Je l'attrapai au vol, en pleine course. Son visage collait déjà de la sueur des jeux. Il me donna un bisou mouillé et détala vers la salle à manger. Jean se fichait bien de mon départ et il avait raison. Ses impératifs étaient ailleurs. Nous nous reverrions dans un appartement exigu, en ville, à des centaines de kilomètres de la mer. Retiendrait-il les moments passés ensemble ? Ou se fondraient-ils dans le magma diffus des souvenirs de vacances ? Je ne faisais pas assez confiance aux enfants, à leur mémoire. Je croyais qu'avec le temps, égarés dans leur vie quotidienne, soumis à l'urgence du présent, ils finissaient par nous oublier. Cet été-là, forçant ma nature, je lui avais appris la pêche au crabe et le nom des champions cyclistes. Je l'avais consolé, quelquefois. Jean m'avait enseigné la tendresse, il avait fait de moi un oncle, un petit père lointain. Je tenais pour sérieuses et vraies les paroles de la chanson de Bourvil :

Un enfant vous embrasse
Parce qu'on le rend heureux
Tous nos chagrins s'effacent
On a les larmes aux yeux
Mon Dieu, mon Dieu, mon Dieu…

Je les avais apprises à ses côtés.

Aussi, j'avais compris que je ne devais plus écouter ceux qui disaient que j'étais encore un jeune homme. Je ne me sentais plus comme tel et, chaque jour, Jean et ses cousins me l'avaient rappelé. J'avais fini d'être un fils. J'étais un père sans enfant.

J'allai dire au revoir à grand-mère. J'entrais dans des jours incertains où chaque baiser déposé sur son front pouvait être le dernier. On me préviendrait un matin pour me dire qu'elle était morte. Et alors, comme pour grand-père, il me reviendrait à la mémoire la toute dernière fois où je l'aurais embrassée. Quand les gens meurent, on se souvient d'abord du dernier instant passé avec eux. Puis ce souvenir se dissipe et réapparaissent d'autres moments plus significatifs qu'une portière qui se ferme sur un visage ou un corps sur un lit d'hôpital.

Dans la chambre du premier étage, une de ses filles lui faisait la toilette. Grand-mère était assise sur le lit, dans sa robe de chambre bleu ciel. Ses cheveux gris qu'elle avait encore longs et superbes descendaient sur son dos racorni. Elle était une petite dame de porcelaine qu'il fallait soigner avec précaution, que j'osais à peine toucher de peur de la briser. Elle mâchouillait dans le vide, le regard un peu perdu. Je parlai fort pour qu'elle comprît. « Tu t'en vas ? » murmura-t-elle enfin avec une voix brisée. Ma réalité n'était plus la sienne. Je partais m'enfoncer dans des mondes qu'elle n'explorerait plus jamais : les gares, le métro, la foule. Paris. Elle me prit la main. Elle l'embrassa et je l'embrassai en retour. Je quittai la pièce en reculant, lui jetai un dernier baiser. Elle m'imita et souffla le baiser qu'elle avait porté à ses doigts. Grand-mère avait un beau sourire au coin des lèvres, malicieux. Elle me regarda partir comme si j'allais commettre une bêtise et, quand elle souriait ainsi, je retombais dans l'enfance, au cours des vacances où elle nous gardait. Que de temps avait passé… Moi, je tentai de figer cette image, de conserver ce regard bleu qui illuminait un visage émacié et cireux. Cet effort de mémoire avait longtemps été un pari d'enfant. Tout jeune, je m'étais promis de ne jamais oublier certains instants de ma vie, des moments insignifiants que j'enregistrais comme une photographie qu'on glisse dans un portefeuille. Je me mettais au défi de les conserver dans un coin de ma tête et de m'en souvenir pour toujours. Un paysage, une pièce, le visage d'un camarade de classe, le nom d'un inconnu sur une tombe… Ne pas les oublier, c'était éprouver ma mémoire et me rendre compte du temps qui passait. Mais fatalement, l'image parfaite se dissipait et l'exercice de mémoire quotidien auquel je m'astreignais devenait de plus en plus fastidieux. Les jours passaient. J'oubliais. Et l'image s'évaporait chaque fois davantage. Retracer les contours de ce visage, de ce paysage, devenait impossible. Je perdais le fil. Désormais, il ne restait plus rien de ces promesses. Tout avait disparu et je ne me rappelais plus quand j'avais commencé à oublier. L'oubli avait-il un début ? Une fin ? J'avais menti à l'enfant que j'étais, renonçant aux promesses qui comptaient pour lui. La vie m'apprit que je ne les respectais pas.

*

On m'accompagna à Brest en voiture. La grande maison disparut du rétroviseur au premier tournant. Puis le chemin de la plage, la maison où nous avions fait la fête, le bourg. Les endroits familiers s'évaporaient dans la fougère et derrière la haie des champs. Le maïs envahit le paysage et déjà la mer me sembla loin. Nous passâmes devant la boîte de nuit. En journée, portes closes, elle était plus désolante qu'une cafétéria d'autoroute et on se demandait bien ce qu'on venait chercher le samedi soir derrière ses murs en crépi. Je pensai à Anne qui ne m'avait plus donné de nouvelles sinon ce message laconique : « Tu as bien fait de revenir. » Comme pour Jean, je me demandai ce qu'elle conserverait des moments passés ensemble. On ne sait jamais l'empreinte qu'on laisse chez les autres. On voudrait qu'elle soit profonde.

Je quittais la grande maison avec une seule certitude, celle d'y revenir l'année prochaine et les étés suivants. Pour le reste, la disparition de notre petit monde avait commencé. Grand-mère, si elle n'était pas encore morte, ne quitterait bientôt plus son appartement de banlieue pour prendre ses quartiers d'été en Bretagne. Elle resterait en ville. Elle dormirait dans un lit médicalisé. Déjà la ferme de la voisine Jeanne, une femme en noir qui avait perdu son fils et son mari en mer, avait été vendue à des Bordelais qui avaient creusé une piscine et mettaient la maison, décorée comme dans les magazines, en location. Les gens d'avant mouraient, d'autres s'installaient. Différents, citadins, vacanciers. Les prix grimpaient. Tout le monde voulait la mer et les fils et les filles de ce pays bientôt n'auraient même plus de quoi vivre face à l'océan. Nous étions des privilégiés et vivions là depuis plusieurs générations. Mais nous changions aussi, plus capricieux et soucieux du confort. La tante Yvonne rejoindrait son mari dans le cimetière de la commune et il n'y aurait bientôt plus d'anciens à visiter en arrivant en vacances. On irait voir leurs noms gravés sur des tombes. Même les enfants deviendraient des adolescents. Ils seraient comme tout le monde. Il avait fallu un été quelconque, semblable aux autres, pour que je me rende compte que le temps courait et qu'il existait déjà une première vieillesse en moi. « Oui, nous sommes jeunes et il fait beau », répondait une fille interviewée sur le trottoir, au bras de son amie, dans un documentaire de Jean Rouch. La question posée était : « Mesdemoiselles, êtes-vous heureuses ? » Combien de temps, encore, me reconnaîtrais-je dans leur douce réponse…

J'étais en avance. Brest semblait déserte. Quelques voitures démarraient au feu vert et transperçaient de larges avenues. Je bus un café au Vauban. *Le Télégramme* traînait sur le comptoir et je lus une dernière fois les nouvelles du pays. Les licenciés reprenaient l'entraînement sur les terrains de foot des bourgs. Les associations préparaient leur rentrée. Un moules-frites s'organisait dans un port. Au Vauban, un homme seul buvait une bière transparente, perché sur une chaise de bar. Le regard absent. Le soleil peinait à transpercer le ciel gris mais une lumière timide laissa entrevoir des traces de main sur les fenêtres de l'hôtel et la poussière déposée par le dernier crachin. Je montai dans le train de 12 h 16 pour Paris. Il se détacha du quai dans une convulsion. Plus bas, Brest était belle qui semblait tremper ses doigts gris dans la rade. Des gens promenaient leur chien, au loin, sur la plage du Moulin-Blanc. Le ciel était d'automne, chargé, gonflé, lumineux. À cette heure-là, une tante devait préparer le déjeuner des enfants. L'odeur de cuisson grimpait jusqu'aux étages, remplaçant peu à peu celle du pain grillé. Dans un fauteuil du salon, grand-mère tenait sans doute un livre sans savoir quoi en faire. À moins qu'elle ne se fût endormie. Jean et ses cousins devaient galoper dans le jardin, le ventre affamé. On les appellerait pour mettre le couvert. Ils mettraient les fourchettes à droite, oublieraient la carafe d'eau et les ronds de serviette. Et puis ils s'assiéraient autour de la table en chahutant.

Le train était vide, sa blafarde lumière éclaboussait les rares passagers éparpillés dans la voiture. Une femme voyageait avec ses enfants. Ils coloriaient des cahiers. « Regarde, maman… », disaient-ils. « C'est très beau, chéri », répondait-elle. La voix nasillarde du chef de bord annonça les gares desservies. Il récita : Morlaix, Guingamp, Saint-Brieuc… Dans ce sens-là, ces villes me semblèrent tristes. C'étaient des maisons secondaires, la mer et les îles qu'on laissait derrière soi. Enfin il dit : Rennes. Une fois à Rennes, les vacances d'août finissaient pour de bon.

20

Une semaine avait passé. Un air tiède cernait la ville, la ville qui peu à peu se repeuplait. J'avais eu le temps de revoir des amis et les nouveaux visages, les rues, le monde extérieur avaient aussitôt remisé la grande maison dans le placard aux souvenirs. Comme le premier blouson recouvre la chemise en lin, l'été de Bretagne déjà me paraissait loin. La vie quotidienne avait repris ses droits. Je ne pensais plus aux autres, là-bas, au bord de la mer. Les tantes devaient étendre leurs dernières lessives et replier le linge dans les armoires, préparer la maison à entrer dans l'hiver. Enfin chacun rentrerait chez soi. À Paris, à Lyon, dans le Midi. La famille s'éparpillerait pour revivre inlassablement toutes les étapes de la vie courante exigée par le travail et les enfants : la rentrée scolaire, Toussaint, Noël…

Le soleil éclaboussait mon appartement. Le parquet brillait. La journée s'annonçait chaude en ville, d'une chaleur compacte, poussiéreuse, sans air. La lumière transperçait les volets et jetait des sillons blancs qui rampaient jusqu'au lit.

J'étais encore allongé quand la nouvelle tomba. J'avais bu la veille et j'allumai mon téléphone tard dans la matinée. J'avais reçu deux messages au cours de la nuit. Engourdi par l'alcool, je les ouvris avec l'indolence de celui qui ne s'attend à rien. Le premier m'informait que Jean avait été pris en charge à l'hôpital de Brest et que son état de santé était préoccupant. Le deuxième message, quelques heures plus tard, disait qu'il était mort. Bien sûr, ce n'était pas écrit de cette manière mais je ne saurais plus retrouver les mots justes. Peu importe. La nouvelle emportait les paroles. Elle annihilait tout. Et il n'y avait qu'une seule chose à retenir. L'enfant était mort. Son père vraisemblablement nous avait écrit à tous. Il avait dû rédiger son message dans un endroit barbare, une salle d'attente avec des chaises fixées au sol et une machine à café contre le mur. Ou bien il était sorti sur le parking des urgences. À Brest, l'hôpital n'était jusque-là qu'un panneau d'indication sur la route du centre-ville. À chaque nouveau rond-point, il indiquait la Cavale Blanche. L'hôpital était sur l'autre rive de la Penfeld, celle où nous ne nous rendions jamais ; le pont de Recouvrance marquait une frontière que nous ne franchissions pas.

Nous devions l'apprendre plus tard. Les migraines qui le gênaient avaient fini par le torturer. Jean avait eu des vomissements. On avait essayé de le soulager avec des antalgiques avant de comprendre qu'il y avait autre chose, de beaucoup plus grave. On avait pensé lutter contre une maladie alors que le combat engageait la mort. Jean et sa mère avaient fait la route de nuit vers l'hôpital et à l'hôpital il s'en était allé doucement après qu'on lui eut diagnostiqué une tumeur foudroyante. Il n'y avait rien eu à faire. Le garçon s'était accroché à la vie, à l'été, il s'était battu avec ses armes. Mais les armes d'un enfant sont des jouets en plastique. La mort avait emporté notre petit Jean soudainement, avec la brutalité d'un accident.

Je sortis du lit en titubant et aussitôt je pleurai. Ma bouche était pleine de cris. J'étais seul à la maison et aucune poitrine ne vint me soulager, aucun corps ami, pas une voix ne put me secourir. J'en avais besoin pourtant. J'expulsai. Et ne tenant plus sur mes jambes, je tombai sur le sol en feu. La poussière voltigeait dans la lumière crue de fin d'été. Dehors, le ciel brillait. Le soleil cognait contre la fenêtre et il était déjà l'heure de refermer les volets. Je me tus et le silence total et soudain fut un premier pas vers le consentement. Au loin j'entendis la rumeur du trafic. Sur le périphérique, des camions transportaient leur marchandise. On livrait. On échangeait. On travaillait. Des nouvelles immondes tombaient, à chaque seconde, et ce monde continuait de remuer. Lui et moi, moi et eux, c'était comme si, tout à coup, nous ne parlions plus la même langue.

Je restai allongé par terre jusqu'à ce que s'imposent à moi les petites choses matérielles et pratiques, le « Maintenant, que fait-on ? ». La mort d'un proche est aussi un désordre dans une vie organisée, un événement imprévu entre deux rendez-vous attendus. J'appelai les autres. La famille. Ils étaient au courant depuis la nuit ; dans la douleur, ils avaient quelques heures d'avance sur moi. Des voitures déjà s'en étaient allées vers la Bretagne. On jetait des sacs de couchage et des valises à moitié faites dans les coffres. Nous faisions retraite, en pagaille. Nous retraversions la France. On me dit qu'il restait une place dans une voiture et l'on vint me chercher en bas de chez moi.

*

La route des vacances était pleine de traces. Elle était semée d'indices et de noms heureux qui disaient nos mois d'août, annonçaient notre coin de paradis. À La Haie Tondue, dans une cuvette entre deux sous-bois, la voiture un jour s'était mise à tousser et nous avions regagné Rouen en taxi. Plus loin, le jardin botanique d'Avranches était devenu une halte convenue pour nos parents, ainsi que l'aire de la baie où nous nous arrêtions dans l'espoir de deviner, derrière les urinoirs, Le Mont-Saint-Michel. Pressés d'arriver, ne voyageant plus le nez au vent comme nos aînés, nous nous y résignions en râlant. Au bord de la route, des noms de villes suscitaient notre curiosité comme Villedieu-les-Poêles et Belle-Isle-en-Terre. Il y avait eu, avec ma mère, un déjeuner sorti du sac sur une table de pique-nique à Jugon-les-Lacs ; nous aurions pu être à la montagne. La voie express restait gratuite mais elle était interminable. Entre deux glissières de sécurité, on traversait des villages sombres qui semblaient abandonnés, des maisons en granit arrosées de benzine. Un burger-frites trônait en haut d'un mât. Il y avait même un feu rouge. Nous trépignions. Bien souvent, une fois entrés en Bretagne, il se mettait à pleuvoir. Un frère disait que c'était toujours pareil et que nous devrions aller dans le Luberon une bonne fois pour toutes. Nous rendre là où le soleil était une certitude et non un pari. Mais traversant un pont vertigineux, on annonçait la mer sur notre droite. Depuis la voie express on dominait la baie de Saint-Brieuc. Des bateaux mouillaient. Ils avaient le museau blanc. On ne les voyait qu'en Bretagne. À l'horizon régnait le bleu infini et c'était une joie sans pareille.

Ce trajet que nous accomplissions au début de l'été, voilà qu'on nous demandait de le faire à nouveau. Dans l'autre sens, vers Paris, des voitures chargées de vélos et coiffées d'un coffre de toit dépassaient les camping-cars des gens du Nord. Tout le monde rentrait tandis que nous remontions à contre-courant, lourds de tristesse. Parents, frères et sœurs blottis les uns contre les autres sur la banquette, serrés par le chagrin, les joues rosées, les yeux décavés. Adultes, hommes et femmes nous étions désormais, avec nos fêlures, nos histoires séparées. Les soudaines crises de larmes des autres m'exaspéraient mais pour rien au monde je n'aurais souhaité dire adieu à un enfant de la famille ailleurs, entouré d'étrangers. Il valait mieux que ce drame engageât la maison de vacances, le pays de nos étés. Il valait mieux venir trouver la mort à l'ouest. Jean ne disparaissait pas en colonie de vacances, dans les Alpes ou à Saint-Brevin-les-Pins. Il quittait notre famille dans le lieu de ses épiphanies, là où nous avions tous été des enfants heureux.

Dans l'événement, les lieux quelconques devenaient surnaturels. Ils étaient d'un autre monde. Bloqués par la barrière blanc et rouge au péage, on se demanda ce qu'il fallait faire. Une main tendit une carte bancaire au conducteur qui agit par automatisme. Les choix étaient pénibles. De même, à la station-service, chacun erra dans les rayons de la boutique. On attrapait un paquet de biscuits qu'on reposait aussitôt. Nous ne voulions rien et, cependant, l'offrande d'un Coca-Cola devenait une consolation. Je tendis des sandwichs aux uns et aux autres. Quand ce fut son tour, ma mère hocha la tête, les yeux dans le vague. Elle refusa comme un enfant s'obstine. Elle dit : « Merci mon chéri mais je ne peux rien manger. J'ai le cœur entre les dents… »

Au cours de ce voyage, jamais ne me parut aussi évidente la fragilité des miens. Les années passant, avec l'âge et dans la mort, elle se révélait. Mon père et ma mère aussi pouvaient être brisés et il revenait à nous désormais de les serrer dans nos bras. Les plus forts avaient besoin du soutien des faibles. Sans doute était-ce cela une famille, un enchevêtrement, une tour en Kapla dont l'équilibre précaire tient, coûte que coûte, grâce à la solidité des uns et malgré la fébrilité des autres.

Après avoir quitté la voie express et traversé l'aber, depuis le plateau balayé par le vent, il existait deux routes pour rejoindre la grande maison. La route du port et celle du bourg ; l'itinéraire le plus beau ou bien celui le plus court. D'ordinaire, la nuit, incapables de voir la mer nous choisissions de passer par le bourg. Mais cette fois-ci, comme si nous avions voulu repousser ces retrouvailles non consenties, nous prîmes par le port et la corniche. Nous avions besoin de la vue sur les îles, le phare et les balises. Il fallait un paysage plus grand que nous, immuable et sur lequel les pensées inévitablement s'arrêtent. Le port avait retrouvé une quiétude d'après-saison. Les vacanciers en promenade avaient disparu. À la cale, on sortait des bateaux de l'eau qu'on chargeait sur des remorques. Au café, la terrasse était vide. Un homme écrasa son mégot devant la capitainerie et entra. Vu depuis la voiture, isolé dans mon chagrin, même ce pays était incapable de me réconforter. Il me semblait étranger, ô combien lointain.

21

Ils étaient tous là, réunis dans le salon de la grande maison. Ensemble. Tantes et oncles, belle-famille, enfants. Les plus jeunes jouaient, ravis de se retrouver à nouveau entre cousins. La petite bande continuait ses occupations, ses filouteries, filait de la salle à manger au jardin. Elle avait perdu un compagnon mais ne se laissait pas abattre. L'oncle François les fit chanter sur un air de guitare. Au cours de la soirée seulement, je vis des visages d'enfants prendre vingt ans en un instant. Se rider, vieillir, s'enlaidir, se crisper. Bien sûr, ils nous voyaient et savaient. Accompagner leur deuil et comprendre leur chagrin seraient notre tâche immense. La souffrance d'un enfant restait une énigme.

En cuisine on préparait des salades, on sortait des assiettes en carton. Chacun luttait contre sa peine comme il pouvait. Certains devaient agir pour ne pas se laisser aller et d'autres se laissaient aller, incapables d'agir. Moi je traînais parmi les groupes. Je faisais les cent pas, jetais un œil distrait sur les résultats sportifs. La maison était ouverte aux courants d'air. Dans l'allée, des voitures revenaient avec des sacs de courses et d'autres partaient pour Brest. On demandait qui voulait venir voir Jean une dernière fois. Je refusai d'un geste de la main. Je n'avais pas besoin de le voir allongé dans une chambre funéraire pour comprendre. J'avais vu mes grands-pères enveloppés dans le silence de la mort, roides, cireux, un chapelet de bois enlaçant leurs mains jointes. La mort les avait décolorés, rendus gris. Elle ternissait à jamais ce que la vie colorait. De Jean, je voulais conserver le dernier baiser au front que je lui fis avant qu'il ne s'enfuît dans le jardin. Veiller sa dépouille aurait signifié consentir. Or je ne pouvais encore accepter l'inacceptable. J'en étais incapable.

À la nuit tombée, après le pique-nique, on se réunit dans le salon. Nous nous tenions les uns sur les autres, dans les fauteuils, sur le sofa ou bien par terre, allongés sur le tapis beige taché par les goûters et les retours de la plage. On se glissa entre les jambes d'un frère, on se blottit contre l'épaule d'une mère. Alors chacun raconta le souvenir d'un moment passé avec Jean. Une blague lancée à table, une drôle de remarque au cours d'une randonnée, une partie de foot dans le jardin, un dessert cuisiné lors d'un jour de pluie… Quand vint mon tour, je me rendis compte que je n'avais pas partagé beaucoup de moments avec lui avant ce dernier été. Alors je racontai la pêche aux crabes. Je dis ses hésitations, sa peur d'être fait prisonnier par la marée montante. Se bousculait aussi dans ma tête tout cela qui ne se raconte pas : une main tendue, un regard attrapé au vol, un silence. Jean m'avait à peine appris à devenir son oncle. Enfin je leur dis que tante, oncle ou neveu, cousin… ces mots semblaient bien anecdotiques et ternes, trop froids. En vérité, Jean était notre petit frère. Assise sur un fauteuil, murée dans son silence, la grand-mère dépassée par l'événement promenait son regard d'un visage à l'autre. Elle tenait la main d'une de ses petites-filles et la caressait inlassablement. Affligée, grand-mère semblait vouloir dire pardon à sa tribu. Un enfant était mort et elle demeurait encore… Alors grand-mère s'excusait, s'en voulait d'être encore là. Elle aurait voulu qu'on se rassemblât autour de son cercueil, pas devant celui d'un enfant de six ans.

Nous quittâmes la grande maison dès le lendemain. On étendit des draps sur les fauteuils. On referma les volets. Nous avions passé notre première nuit dans le monde sans Jean. Les maisons s'étaient remplies anarchiquement. On avait campé. Ne trouvant pas le sommeil, certains avaient veillé et ils étaient partis marcher sur la plage.

On se leva très tôt ce matin-là. L'odeur du café et du pain grillé monta dans les chambres dès six heures. Seule la grand-mère resta plus longtemps au lit et on s'occupa d'elle. Puis elle fut installée à l'arrière d'une voiture, entourée de coussins, et elle reprit la route avec une tante. Un convoi funéraire emporta Jean et ses parents vers Paris où il devait être enterré juste avant la rentrée scolaire. Jamais nous n'avions quitté la maison aussi tard. Nous étions encore en août mais ce n'était plus l'été. La mort d'un enfant nous prouva qu'il existait une tristesse plus grande encore qu'une maison de vacances qu'on referme. Les deux survenaient d'un même coup, et à une semaine d'écart je refis mes adieux à la grande maison. En voyant le portail blanc se retirer derrière nous, je pensai qu'une tradition hélas s'était perdue dans la famille. Quand nous étions petits, au début des vacances, après sept heures de voyage, les muscles ankylosés et le ventre affamé, nous sortions de la voiture plus tôt, là où la route croisait le chemin de randonnée. Le sentier était un raccourci qui coupait à travers champs. Alors une course s'engageait. Qui de nous ou bien de la voiture arriverait en premier devant le portail de la maison ? En descendant de voiture, nous laissions parfois une portière ouverte pour gagner quelques secondes. Puis nous courions à perdre haleine, trébuchant sur les cailloux, glissant dans la boue, les mollets déchirés par les ronces. Nous descendions entre l'aubépine et les genêts, hurlant comme des Sioux, les bras en l'air, sautant au-dessus des obstacles. Enfin la mer se dessinait plus bas, la baie et le toit d'ardoises de la maison. Nous regagnions la route. Essoufflés et triomphants, le dos courbé, les mains sur les cuisses, nous retirions la battue et ouvrions grands les battants du portail blanc. Je ne sus jamais si les parents ralentissaient pour nous laisser gagner. Peut-être. Mais c'étaient les enfants, vainqueurs, qui ouvraient les portes de la grande maison. Alors seulement, les vacances pouvaient commencer.

*

Jean fut enterré dans un cimetière de banlieue et chaque fois que je me rendis sur sa tombe, décorée par les jouets de ses amis, je ne pus réprimer un sanglot. La larme était le seul témoignage de ma révolte.

Des années plus tard, en évoquant avec le père de Jean les vacances d'août passées ensemble, je lui demandai si, malgré tout, il aimait encore notre coin de Bretagne et Brest où il était venu retrouver son fils mort. Il me répondit qu'il s'était réconcilié avec ces lieux et croyait même ne s'être jamais fâché. Après la mort de Jean, avec sa femme, ils avaient consenti à y revenir au plus vite afin de conjurer le sort qu'une absence trop longue aurait pu jeter. Il réfléchit. Puis il me dit encore que la ville, pour eux, n'était pas seulement belle mais unique. Brest était la porte du Ciel.

Composition : IGS-CP à L'Isle-d'Espagnac (16)
Achevé d'imprimer
par CPI Firmin-Didot
à Mesnil-sur-l'Estrée, en décembre 2022
Dépôt légal : décembre 2022
Premier dépôt légal : mai 2022
Numéro d'imprimeur : 173589

ISBN : 978-2-07-298968-1/Imprimé en France

597328